Acheté A
BSM
Ce 15, 06 201
A LA MAISON
De la Presse

La couleur des souvenirs

Jean-Pierre Foucault
Avec la collaboration de Jean-Michel Caradec'h

La couleur des souvenirs

Albin Michel

Pour Virginie, qui sait…
Pour Ethan et Hugo, qui vont découvrir.

« Oh ! Je plains ceux qui ne connaissent pas cette lune de miel du collectionneur avec le bibelot qu'il vient d'acheter. On le caresse de l'œil et de la main comme s'il était de chair ; on revient à tout moment près de lui, on y pense toujours, où qu'on aille, quoi qu'on fasse. Son souvenir aimé vous suit dans la rue, dans le monde, partout ; et quand on rentre chez soi, avant même d'avoir ôté ses gants et son chapeau, on va le contempler avec une tendresse d'amant. »

Boule de Suif,
Guy de Maupassant, 1880.

La voix de mon père

Quand je vais me promener sur le port de Marseille, je me gare en général sur le petit parking derrière le bâtiment de la mairie, capitainerie de la ville, d'où jadis Gaston Defferre surveillait les mouvements des bateaux de pêche dont il connaissait le nom de chaque patron.

Aujourd'hui, mon ami Jean-Claude Gaudin aurait du mal à identifier les *pointus* depuis ses hautes fenêtres, au milieu de tous les bateaux de plaisance qui s'alignent, face aux pontons, comme des sardines menaçant de bloquer le port. Se souvenir du nom des marins pêcheurs serait plus facile : seule une poignée d'entre eux maintiennent la tradition et raccommodent leurs filets les jours de mistral. Et, sur le quai des Belges, les femmes et les sœurs devant leurs étals sont de moins en moins nombreuses à lancer à pleins poumons leur célèbre cri de guerre : « Il est frais mon poisson ! Il est frais ! » Sur les planches tant de fois lavées à l'eau de mer qu'on les dirait tirées d'une épave, s'agitent encore les vives, une dague dissimulée dans la queue, quelques rascasses qui font la gueule et des mulets de roche qui sentent un peu la vase. L'odeur violente est bien la même, âcre et iodée ; elle affole les yeux des chats qui, prudemment, se tiennent à l'ombre des piles de casiers, espérant la chute d'un abat.

« Il ne fait pas beau aujourd'hui, hein ! » expression typiquement marseillaise qui a le don de laisser perplexe le Parisien : grand bleu, le ciel ; éblouissant, le soleil ; huileuse, la mer… Oui, mais il fait du vent ! Et soudain le cliquetis des haubans tourne à la mélopée, les bateaux à l'amarre se dandinent sur place, leurs mats battent comme des métronomes, je sens les rafales s'engouffrer depuis la Canebière et les jupes voler, les parasols se retourner, et les papiers s'envoler dans de petits tourbillons qui courent sur les quais comme des diables insaisissables. Même l'eau du port se couvre de vaguelettes.

Je revois alors, déboulant de la corniche, projetées par le vent comme par un formidable coup de pied au cul, les silhouettes jumelles de mon ami

Claude et la mienne, juchées sur nos vélos dans la position du sprinter, la tête dans les épaules sautant sur les pavés disjoints, et dans un vrombissement de torpédo dû aux languettes de carton fixées sur les rayons avec des pinces à linge. Le cœur battant nous traversions Marseille, grimpant sur les trottoirs, fonçant sur les passants, coupant les rues aux nez des capots, propulsés par la vigueur inépuisable de nos cuisses et nos mollets adolescents. Un peu plus loin, accrochés aux ridelles d'un trolley, nous nous faisions traîner dans la côte, jusqu'à ce que le contrôleur nous aperçoive et nous chasse en agitant sa casquette : « C'est interdit ! Petits malheureux, vous voulez vous faire écraser ! » Il fallait de nouveau pédaler, en danseuse cette fois-ci, en appuyant de tout le poids du corps à chaque coup de pédale, escalader les collines traîtresses, embaumées de senteurs d'herbe dans l'air surchauffé, qui tremblait devant nos yeux clignotants de gouttes de sueur. Et puis, enfin, face à nous l'étendue plate et scintillante de l'étang de Berre. Nous nous arrêtions rituellement pour en observer la surface immuablement calme, parcourue de risées comme des frissons sur la peau, alors que dans le ciel s'envolaient des oiseaux en formation de combat. Un ami de Claude avait une cabane près de l'étang et nous posions nos vélos à l'ombre du mur, hors d'haleine. On nous accueillait avec du sirop d'orgeat et des tartines de confiture, et nous repoussions les embrassades des femmes en détournant la tête, pressés d'aller nous tremper dans l'eau mi-douce mi-salée de l'étang.

Installé à la terrasse du *Miramar,* devant une anisette, j'attends mon repas en regardant les badauds qui défilent sur le quai. C'est étrange, cette propension que j'ai, ces dernières années, à me remémorer les petits riens qui ont peuplé ma vie. Pris un à un, ils ne sont justement rien ou si peu, et pourtant ils ont forgé mon existence. Pour nous faire patienter, le maître d'hôtel dispose sur la table quelques tartines de foie gras fondu, où les lamelles de truffes tranchées fines se relèvent des deux bords comme des chips. Et puis on apporte le loup en croûte de sel, présenté dans sa gangue sculptée naïvement en forme de poisson de mardi gras. Ses grosses écailles dessinées et ses nageoires rondes, comme dans un dessin d'enfant, me projettent en un bref instant plusieurs dizaines d'années en arrière. Un papier à la main, j'attends à la porte le retour de mon père. La perspective de lui montrer mon joli dessin m'envahit de plaisir, et je regarde ma mère les yeux implorants, impatient de serrer dans mes bras ses hautes jambes. « Je l'entends, il est train de garer la voiture ! » Et puis je mets mes pieds sur ses chaussures et nous faisons ainsi quelques pas ensemble, moi accroché plein de bonheur sur ces formidables échasses et lui, faisant mine de ne pas me voir, déclarant en riant : « Mais quel est cet asticot qui s'accroche comme ça à mes jambes ! Il est tellement costaud qu'il va me faire tomber ! »

Le serveur du *Miramar* qui dépose avec habileté dans mon assiette les filets de poisson est bien loin de se douter de l'incursion que mon esprit s'est autorisée dans les méandres de ma petite enfance. L'impression n'a duré qu'une parcelle atomique de temps et pourtant, en cet espace, j'ai revu toutes les images, senti toutes les émotions, les bruits comme les odeurs de cette scène imprimée en moi, intacte. L'impact de ce souvenir a dû transparaître sur mon visage, suffisamment pour qu'Évelyne, ma femme qui déjeune en face de moi, s'inquiète.

– Ça va, Jean-Pierre ?

– Oui. Imagine-toi que, d'un coup, je me suis souvenu d'un épisode de mon enfance. Rien d'important, mais c'était… émouvant.

– Tu me racontes ?

– Non, ce serait trop long. C'était mieux avant, non ?

– Mieux quoi ? Tu ne manges pas ? Ce loup est délicieux. Mange, il va être froid !

J'attaque mon loup de bon appétit en souriant intérieurement. Dans mon souvenir, j'ai entendu la voix de mon père.

1.

Mon premier Transistor

Aussi loin que je me souvienne, j'ai toujours aimé garder les objets de ma vie. J'entasse ainsi tous les signes de mon existence. Un psychanalyste y verrait certainement quelque travers de mon inconscient ou un trait révélateur de ma personnalité. J'ai la faiblesse de n'y chercher aucune explication autre que le plaisir que me procure la possession de ces choses. Non qu'elles aient une valeur marchande importante, au contraire, la plupart n'ont aucun prix, si ce n'est à mes yeux. Je pense d'ailleurs ne pas être un cas isolé à être affligé de cette manie, si j'en crois le nombre de gens qui avouent agir de même. Je me suis demandé ce qui orientait mon choix – ou le leur. Pas besoin de chercher bien loin. Il est clair que, pour chacun de nous, les objets ont une charge émotionnelle que nous sommes les seuls à ressentir. Ils excitent un fragment de notre mémoire et sont capables de provoquer des sentiments bouleversants qui peuvent aller du franc rire aux sanglots par leur simple puissance d'évocation. C'est cette faculté qui détermine notre intérêt et dirige nos choix.

Combien ai-je utilisé de billets d'avion dans ma vie ? Des centaines pour ne pas dire un ou deux milliers. J'ai toujours beaucoup voyagé professionnellement et pour mon plaisir. Les billets d'avion ont évolué aussi, aujourd'hui ils ont même quasiment disparu au profit d'empreintes électroniques et d'un mot de passe où la combinaison des X majuscules, des chiffres et des y minuscules établissent votre identité. Avant, on vous demandait votre nom et votre prénom. Ils étaient calligraphiés sur les pages d'un petit carnet qui constituait le billet avec le nom de la ville de départ et celle d'arrivée. Ainsi que les horaires et le numéro du vol. L'ensemble aux couleurs de la compagnie aérienne constituait un joli objet, sérieux, digne d'être conservé. Je garde précieusement le billet Air France de mon premier voyage en avion. Lorsque je le tiens dans mes mains et passe le doigt sur le trombone rouillé, qui tient encore le coupon de bagage et dont la trace jaunâtre s'est incrustée dans le papier… j'ai dix ans.

Le Bourget. 1957. Pour la centième fois, je vérifie que mon billet et ma carte d'identité sont toujours dans la poche portefeuille de ma veste cintrée, et l'argent dans la poche de mon élégant short. Ma cravate bien nouée m'étouffe un peu, mais je me tiens bien droit dans la file et j'attends mon tour, le cœur serré : je vais prendre l'avion pour un stage linguistique à Londres, puis au Pays de Galles. Je fête aujourd'hui une double indépendance, outre celle de ce séjour dans un pays étranger, c'est la première fois que je voyage seul. Je suis encore capable de ressentir toutes les émotions qui m'assaillaient ce grand jour. Je peux décrire le hall de l'aérogare du Bourget et ses cariatides Art déco qui décoraient la façade. Le bruissement des conversations s'évaporant jusqu'au lointain plafond, la voix des hôtesses roucoulant pour annoncer le départ des avions sans altérer l'atmosphère paisible et feutrée. Les costumes, les jolies robes accompagnaient des monceaux de bagages en cuir, poussés sur des chariots aux montants dorés par des bagagistes en uniforme et à casquette qu'on pouvait prendre pour des pilotes. De temps à autre, un cortège provoquait un furtif mouvement de foule. « C'est l'équipage, c'est l'équipage ! » chuchotait-on. Le commandant de bord avançait le premier sa lourde mallette à la main, la casquette vissée sur une crinière de cheveux blancs qui figuraient l'expérience et la rigueur, certifiées par les quatre galons d'or sur ses manches. Derrière lui, le pilote et le mécanicien, plus jeunes, chargés de ces curieuses valises rectangulaires. Puis les hôtesses, séduisantes et souriantes, avec leur fameux calot et leur foulard aux couleurs d'Air France noué autour du cou. Juchées sur des talons hauts qu'elles remplaçaient à bord par des talons plats, elles vérifiaient d'un coup d'œil la couture de leurs bas et lissaient sur leurs hanches leurs tailleurs d'uniforme. Les stewards qui les escortaient avec galanterie arboraient des sourires *Gibbs* sous de fines moustaches. Toute une époque !

Mon cœur battait en gravissant la passerelle étroite. J'avais toujours été passionné de mécanique et j'aurais donné cher pour pouvoir m'approcher des moteurs dont les tubulures en corolle étaient surmontées de doubles hélices. L'hôtesse me fit asseoir à côté d'un vaste hublot et, sachant que je voyageais seul, me fit cadeau d'une superbe pochette contenant un planisphère plié et richement décoré, comme une enluminure du Moyen Âge. Au revers, la carte du monde, avec toutes les destinations et les escales de la Compagnie. Une brochure accompagnait le tout avec les dessins et toutes les caractéristiques de la flotte d'Air France.

L'hôtesse me désigna notre avion, un Vickers Viscount équipé de moteurs Rolls Royce et je me régalai des détails techniques accompagnant la description de l'appareil : 520 km/h à 7 600 mètres d'altitude ! « Équipé de quatre turbopropulseurs, le Viscount est l'avion le plus rapide des lignes européennes. » L'idée de voler à cette vitesse me transportait de fierté. Je pensais à mes sœurs, à mes copains et décidai d'apprendre tous ces détails par cœur pour les impressionner à mon retour. De mon voyage à Londres, je garde surtout cette curieuse impression d'isolement que l'on éprouve lorsqu'on voyage dans un pays étranger dont on comprend peu ou pas la langue. Je n'étais pas totalement immergé dans ce pays, puisque j'y avais rejoint Peter, le cousin de ma mère qui y était installé avec sa petite amie galloise. La révolution sexuelle n'avait pas encore commencé et le déferlement yéyé attendrait quelques années. Mais, déjà, l'on sentait les frémissements d'un printemps qui saisirait plus tard les jeunes Français séjournant de l'autre côté de la Manche.

Le rock'n'roll né outre-Atlantique avait atteint les côtes anglaises bien avant d'arriver en France. La musique que j'écoutais pour la première fois en Angleterre était issue des collèges où de petits groupes se formaient autour d'une guitare, d'une batterie et d'une basse, pour jouer dans les garages et les salles de patronage. Baptisés les *Rail Roaders*, Hank Marvin et Bruce Welch torturaient leurs guitares électriques pour en sortir un son qui deviendrait mythique sous le nom des *Shadows*. Bien plus tard en France, lorsque j'entendrais les premières mesures d'*Apache*, je me souviendrais des concerts où nous emmenaient nos voisins irlandais, à Cardiff. Une cacophonie impressionnante dans une arrière-salle de pub, où des jeunes gens en cravate et casquette côtoyaient, dans la fraternité d'une Guiness, de vieux poivrots en vestes de tweed, fumantes de la dernière averse. Cliff Richard, Tommy Steele... Je ne retenais pas encore leurs noms, mais leur musique sonnait toujours à mes oreilles lorsque je tentais de les retrouver dans les émissions de chanson de la radio française. Il faudra un certain temps pour que le rock ait droit de cité en France, et il faudra plusieurs années pour qu'on puisse l'écouter sur les ondes. Je ferais d'ailleurs partie des pionniers qui animèrent des émissions rock, c'était sur Radio-Monte-Carlo, une bonne dizaine d'années plus tard.

De retour à Marseille, forcément, je voulus apprendre à jouer de la guitare. J'en parlai à mes parents. Le curé de ma paroisse, Notre-Dame-des-Neiges, informé de mes aspirations musicales, me prit à part un dimanche après la messe. « Il paraît que tu veux jouer de la guitare. Va de ma part à la mission espagnole, rue Paradis. Il y a un prêtre qui en joue. » Je ne me le fis pas dire deux fois et allai trouver le padre mélomane. C'est ainsi que, deux fois par semaine, j'enfourchai mon vélo pour apprendre les accords… du flamenco. Ce n'était pas exactement ce que j'espérais et j'abandonnai rapidement. Mais j'avais eu le temps d'apprécier le style de vie de la mission espagnole, excessivement chic et riche. Tous les ans, les pères organisaient, dans les magnifiques jardins de la mission, une réception très courue. Les curés en grande tenue, soutanes au vent, accueillaient le gratin de l'Église, mais aussi de généreux donateurs fumant d'énormes cigares dont nous nous disputions les bagues, mes copains et moi. Plus la bague était grosse plus elle était décorée, nous supputions d'ailleurs de la richesse de leurs propriétaires au diamètre de leur barreau de chaise. Des dames apprêtées, les cheveux lissés et ramassés en chignon, agitaient nerveusement leurs éventails. À chacun de leurs mouvements, les robes aux multiples jupons volaient, soulevant un peu de la poussière du patio. Elles riaient fort et leur accent chantant me rappelait les notes du flamenco.

Mes efforts pour jouer d'un instrument se limitèrent à ces premiers grattouillis à la guitare sèche... si on excepte le flûtiau, l'incontournable des cours de musique au collège, prétexte à des cacophonies épiques qui désespéraient notre professeur, une vieille fille à la voix aussi perçante que la note la plus aiguë du pipeau. En réalité, la musique je préférais l'écouter, et nous avions alors à notre disposition un instrument épatant qui trônait dans tous les salons-salles à manger. Simple, en bakélite blonde, tout benoîtement installé sur le buffet sur son napperon brodé, entre la statue du berger allemand en plâtre et le vase en pâte de verre. Ou alors, plus prétentieux, enchâssé dans un meuble acajou juché sur quatre pieds frêles et galbés, combiné avec un tourne-disque protégé par une planchette relevable. C'était *le poste.* On allumait *le poste* ; on écoutait *le poste* ; on regardait *le poste* ; on aimait *le poste.* Il était le symbole de la gaieté, de la joie de vivre, au point que lorsqu'il y avait un décès dans une famille, on le voilait de crêpe comme jadis on voilait les miroirs.

Dans mes souvenirs les plus anciens persiste la trace de *ce* ou plutôt de *ces* postes de radio qui ont successivement marqué mon enfance. Avec *la* voiture, ils sont les traceurs indélébiles de mon développement, aussi précis que l'échelle de petits traits jalonnant ma croissance sur le montant de la porte de ma chambre. Le premier poste dont j'ai le souvenir était assez imposant et placé suffisamment haut pour que je ne puisse pas y toucher. Peut-être sur une commode. Il m'attirait irrésistiblement. Je ne sais si, à l'époque, c'était le son qui en sortait, faisant légèrement bouger le tissu tendu qui protégeait le haut-parleur, où plutôt l'œil vert qui clignait en mesure et que je regardais fasciné. J'ignore si cet œil magique provoquait sur les autres mômes le même effet. Mais pour moi, il était la porte d'un monde inconnu enfermé dans la boîte, et dont je supposais que ses occupants rêvaient d'un jour en sortir. Ils me paraissaient tellement amicaux et inoffensifs que je brûlais de les y aider. Il était impossible de m'approcher pour tourner le bouton qui actionnait l'aiguille phosphorescente, sauf lorsque j'étais dans les bras de mon père et tendais désespérément la main vers l'appareil. Je pus une fois atteindre l'objet de ma convoitise, mais le résultat fut décevant. En bougeant l'aiguille, le poste se mit aussitôt à gronder, à cracher tel un chat en colère, tandis que la membrane tremblait follement comme si l'animal tentait de se frayer un chemin au-dehors de la boîte. Mon père sourit et, d'un geste précis, remit l'aiguille à la bonne place. Le poste calmé retrouva ses accents familiers. Je résolus qu'un jour, je saurais, moi aussi, dompter la radio.

Regarder ce qui se cache dans la boîte magique : une obsession de chaque instant ! Bien avant de nous intéresser à ce qui se passait sous la jupe des filles, nous étions passionnés par le démontage de cette plaque percée de multiples trous, qui dissimulait une construction de verre, de métal et de fils multicolores dont l'aspect mystérieux se doublait d'une menace réelle, matérialisée par l'étiquette apposée au verso de l'appareil : *Attention, danger !* Une tête de mort auréolée d'éclairs avertissait les imprudents qu'ils devaient débrancher l'appareil avant toute intervention sous peine de graves séquelles. Je débranchais bien entendu… Jusqu'au jour où, bravant les interdits et au péril de ma vie, je décidai de remettre la prise, le dos de l'appareil enlevé afin d'observer comment ça marchait. C'est ainsi que je vis une lumière jaune sourdre de ces curieuses lampes allongées, terminées par un petit bec de verre coulé, et qui renfermaient deux tiges plates de métal brillant. J'éprouvais une attirance irrésistible pour ces lampes dont la lumière anémiée pouvait capter du son, en chauffant doucement à l'abri de leur réceptacle de bakélite. Beaucoup, beaucoup plus tard, je pus posséder deux de ces lampes, énormes, aussi grosses que des aquariums qui alimentaient l'émetteur de Radio-Monte-Carlo alors qu'il fonctionnait encore avec des tubes sous vides, sans système électronique. Un trésor inestimable à mes yeux.

Une révolution était en train de se préparer sans que nous en ayons conscience. Lorsque, en 1956, trois chercheurs américains[1] de la « Bell Telephone » reçurent le prix Nobel de Physique, cet événement ne me laissa pas un souvenir impérissable. Et pourtant, leur invention, un composant électronique, baptisé transistor – trans*fer res*istor –, aurait des conséquences inimaginables sur mon avenir, comme sur celui de toute ma génération. Ce minuscule objet, inconnu de la plupart des gens, s'apprêtait à donner son nom à un produit qui allait envahir le monde : le poste à transistor que l'on n'appellerait bientôt plus que *le transistor.* J'ai du mal à me souvenir de la transition entre l'appareil à lampes et le transistor dans la maison familiale. Elle se fit probablement en douceur, mais de façon irrémédiable. Cet appareil recouvert de plastique – aux couleurs plus gaies que le beige qui caractérisait les vieux postes – séduisit les femmes, d'autant que sa taille lui permettait de les accompagner dans la cuisine.

1. John Bardeen, William Shockley et Walter Brattain.

La radio traditionnellement cantonnée à la place d'honneur dans le salon ou la salle à manger devint un appareil trivial et commode qu'on pouvait transporter d'une pièce à l'autre. Rapidement, l'alimentation par les piles lui fournit une autonomie qui en fit le compagnon – pas toujours très discret – des pique-niques, des campings et de la plage. Je me demande d'ailleurs ce que sont devenus ces centaines de milliers d'appareils, de plus en plus miniaturisés, qui firent les délices de notre génération... Disparus les *Radiola, Grandin... Philips* ces ancêtres oubliés des MP3 dont on retrouve encore aujourd'hui quelques exemplaires égarés sur les rayonnages des boutiques spécialisées dans les antiquités du siècle dernier. Ils trônent sur les rayons, avec leurs gros boutons, au côté des vieux *Teppaz* et autres tourne-disques qui ont rempli de bonheur notre adolescence. Invités d'honneur des boums du jeudi après-midi, ils permirent à notre génération d'éprouver ses premiers émois dans la pénombre complice des garages ou des caves, reconvertis, le temps d'un anniversaire, en boîte de nuit.

À l'adolescence, le physique compte énormément. Mes copains étaient tous plutôt baraqués avec des épaules larges et des hanches taillées. Ce n'était pas mon cas. J'étais plutôt dodu et, dans les rapports machistes, si on ne veut pas être le petit gros souffre-douleur, il faut compenser son handicap par un talent, reconnu et accepté des autres. J'avais choisi le Verbe. Ou, comme on dit chez nous, la *t'chache*. Exercice précieux qui permet de se servir des mots comme d'une arme ou d'un puissant instrument de séduction. J'appris, dans les joutes adolescentes, à le manier avec subtilité. C'est-à-dire avec ce dosage qui autorise toutes les audaces, sans pour autant dépasser les limites de tolérance. La plus brillante des tirades pouvait néanmoins être interrompue inopinément par un « bourre-pif », mettant fin pitoyablement à la suprématie de la parole sur la force brutale. Les mots pouvaient se retourner contre soi, s'ils n'étaient pas maîtrisés, mais pouvaient aussi devenir redoutables, lorsqu'ils se déployaient comme un fouet fin et cinglant. Très vite, je m'étais aperçu que je disposais d'une faculté imparable, le sens de l'humour qui, lorsqu'on se l'appliquait à soi-même, autorisait alors toute liberté de l'exercer à d'autres. Je jugeais donc plus facile de jouer de l'esprit que de me mettre au régime et sur la plage, pendant que certains roulaient les mécaniques, moi je roulais des calembours.

J'avais déjà un objectif, je voulais être de bonne humeur, comme cette voix que j'entendais à la radio sur Paris Inter, le matin, en me levant, alors que j'avais du mal à mettre mes yeux en face des trous. Il s'appelait Georges Lourier et, sans le savoir, il a été à l'origine de ma vocation. À sept heures, il avait déjà le sourire dans la voix et le soleil dans les mots. La plupart de ses auditeurs l'écoutaient machinalement, sans se demander pourquoi ils avaient un peu plus d'entrain en se levant avec lui, et entamaient leur journée avec un brin d'optimisme supplémentaire. Il était le symbole d'une France peinte aux couleurs d'un chromo où le coq chantait fièrement au soleil levant, où des mineurs et des ouvriers costauds partaient gaiement au travail, où de gracieuses paysannes assises sur un tabouret à trois pieds trayaient avec entrain des vaches qui riaient de plaisir, où des locomotives stylisées fendaient la bise emmenant des trains vers une mer toujours bleue, où des écoliers à blouse grise mangeaient des tartines de pain frais et du beurre de la fermière en roulant des yeux gourmands. La France de Charles Trenet, douce France, dont je retrouvais les images et les paroles sur ces livrets que des vendeurs proposaient pour quelques sous sur le vieux port, les « petits formats ». Quelques pages 21 x 27, pliées en deux, avec le portrait de l'artiste en couverture, ou un dessin stylisé pour les chansons populaires, avec des ribambelles de cœurs faisant battre leurs ailes, et les mots *Amour, Toujours, Éternité* calligraphiés en lettres romantiques d'où s'échappaient des papillons multicolores. Trenet bien sûr qui roule des yeux comme des billes, mais aussi Chevalier et son canotier, Aznavour déjà, à la voix de velours, Montand l'attrape-cœur… dont j'essayais sans succès de reproduire les accords sur ma guitare en fredonnant les refrains populaires.

2.

Le porte-clés de la fortune !

Mais avant de me retrouver derrière mon premier micro, que je garde précieusement, j'avais encore un long chemin à effectuer. Tiens, qu'est-ce qui traîne dans cette boîte à chaussures ? Avant même de soulever le couvercle, je sais ce qui s'entrechoque à l'intérieur avec un bruit de petits galets remués par les vagues. Des porte-clés. Il doit bien y en avoir deux ou trois centaines, en vrac avec leurs chaînes entremêlées. Je farfouille dans le tas avec délectation pour en extraire une poignée. Il y en a de tout simples, en Plexiglas, dans lesquels on a inséré une mince feuille imprimée avec le nom et l'adresse d'un magasin ou d'un artisan, d'autres sont plus compliqués, minuscules répliques d'objets suspendus à un anneau. Il en existe en plastique, en métal, ceux qui changent de couleur ou de forme ; certains sont de petites œuvres d'art par la qualité de la reproduction. Je les ai collectionnés et j'en ai même vendu. En tournant autour de mon doigt une bouteille lilliputienne d'une marque de liqueur anisée bien connue de notre région, je ne peux m'empêcher de sourire à la réminiscence de la folie qui avait envahi notre pays dans les années soixante-soixante-dix. Pour moi, tout avait commencé par une petite annonce encadrée dans *Le Provençal*, dont je garde un souvenir vivace. Elle était ainsi intitulée :

Voulez-vous faire fortune ?

Bien sûr que je voulais ! J'avais dix-neuf ans, une énergie débordante qui bouillonnait en moi. Peu de goût pour des études universitaires, moi qui avais eu bien du mal à boucler mon cursus scolaire. Un optimisme à mâcher du béton, une détermination de brise-glace. Et une naïveté de jeune merle.

Monsieur X de passage dans votre ville
vous en donne l'occasion unique.
Il recevra dans les salons
du Grand Hôtel Beauvau à Marseille
de dix heures à midi.
Saisissez votre chance !

Qui ne connaissait pas le Grand Hôtel Beauvau, adresse fameuse et vaste immeuble situé face au Vieux

Port, et c'est un peu impressionné que j'en franchis les portes à tambour gardées alors par un portier décoré comme un contre-amiral turc. Je demandai Monsieur X et l'on me pria de faire antichambre avec une dizaine de godelureaux de mon espèce, et d'y attendre mon tour. Je présentais bien, constatais-je avec satisfaction en me comparant aux autres. J'avais revêtu mon costume croisé de la maison *Armand Thiery et Sigrand, Prêt-à-porter pour messieurs,* dont le magasin se trouvait à l'époque sur la Canebière et où – depuis que j'avais l'âge de porter un pantalon et une veste – me traînait ma mère, une fois l'an, me reprochant, non sans fierté, de grandir trop vite ! C'est enfin mon tour. L'homme est assis devant l'un des petits bureaux que l'hôtel met à la disposition de ses clients. Il est grand, large, bedonnant, vêtu d'un complet beige à fines rayures blanches et d'un gilet à fleurs déboutonné. Il me considère quelques instants à travers l'épaisse fumée de sa gitane maïs, dont le paquet traîne sur la table à côté d'un briquet Ronson en argent, profilé comme un paquebot. L'inspection semble le satisfaire parce qu'il tire d'une serviette en cuir posée à ses pieds deux feuillets où je distingue le mot *Contrat* écrit en arabesque. Il me demande mon nom et, désignant du doigt un espace blanc sur le document, il ajoute : « Vous voulez que j'écrive ici : Monsieur Jean-Pierre Foucault ? »

Nous n'avions pas encore parlé de la manière dont j'allais faire fortune mais je hoche la tête et articule un *oui* un peu enroué, puis, voyant qu'il plisse les sourcils, j'articule franchement un « Oui, monsieur ! » franc et massif.

– Bien ! Avez-vous votre permis de conduire ?

– Oui, monsieur.

– Avez-vous une voiture ?

– Euh... Oui !

Je n'avais pas de voiture, mais ma mère avait une 2 CV Citroën qu'elle me prêtait de temps en temps. J'étais sûr qu'elle ne verrait pas d'inconvénient à me la laisser pour faire fortune !

– Parfait. Vous savez ce qu'est la publicité ! Bon ! Vous allez faire de la publicité. C'est un secteur en forte expansion, dynamique, et très rémunérateur pour un jeune homme plein d'ambition comme vous ! Parce que vous avez de l'ambition, n'est-ce pas ?

J'opinai énergiquement : j'étais gonflé d'ambition !

– Bien, bien. Vous allez vendre le meilleur support publicitaire actuel : le porte-clefs ! Ils partent comme des petits pains, c'est une mine d'or que je vous offre, si vous savez y faire.

Je me lançai dans cette course au trésor avec l'intrépidité du chercheur d'or. Le travail consistait à convaincre des commerçants de commander un lot de porte-clefs à leur enseigne, ce qui me faisait espérer une commission conséquente. Les frais de prospection étant bien sûr en grande partie à ma charge. Mon patron daignant de temps à autre fouiller dans sa poche pour me tendre quelques billets censés rembourser mon essence et mes frais de mission. On n'a jamais vu un démarcheur faire fortune et je me conformai exactement à cet adage. Néanmoins, je garde des quelques semaines où je sillonnai la région, le souvenir d'un jubilatoire sentiment de liberté. Nous étions au début de l'été et au volant de ma 2 CV je m'enivrais d'une vitesse – toute relative – mais surtout de l'impression délicieuse d'être – pour la première fois – maître de mon destin et d'un univers que j'évoque toujours avec tendresse.

J'allais à la rencontre de petites gens, petits commerçants, petits artisans, petits industriels qui eux aussi partageaient l'espoir que leurs affaires prospèrent et que leur vie s'améliore. Je ne leur apportais pas la clef du bonheur, tout juste le porte-clefs, mais ils me recevaient avec gentillesse et bonhomie, pardonnant mon inexpérience, certains allaient même jusqu'à passer commande d'un lot en se justifiant d'un : « Ça fera toujours plaisir aux enfants ! » J'errais ainsi sur les routes de Provence sillonnant consciencieusement mon secteur, dînant d'un morceau de pissaladière ou d'une pizza de boulanger à la croûte boursouflée, juste enduite d'une couche fine de purée de tomate, de quelques olives noires et d'un peu de gruyère râpé. Le soir, je dormais dans un camping, préparant avec une lampe torche mon itinéraire pour le lendemain. Puis, enveloppé dans mon sac de couchage, les yeux perdus dans les étoiles, j'écoutais les voix de la nuit qui chuchotaient dans le transistor collé à mon oreille.

J'avais déjà, depuis mes premiers émois devant l'œil magique, développé une véritable passion pour la radio. Mon ami et complice, Claude, partageait le même engouement qui ne se résumait pas simplement à une écoute passive des programmes. Notre ambition était de fabriquer de la radio, de réaliser des émissions à l'image – si je puis dire – de celles que nous écoutions régulièrement sur France Inter et Radio-Monte-Carlo. Nous allions être servis par un instrument épatant offert à Claude par ses parents, un magnétophone. L'engin se présentait sous la forme d'une valise en plastique moulé de couleur acidulée. Le couvercle amovible dissimulait un haut-parleur relié à la machine par un double fil qu'il fallait éviter de pincer. La platine elle-même étant composée d'une tête de lecture protégée par un carter gravé du sigle et de deux bobines entraînant un ruban magnétique brun orangé. Les touches carrées étaient identifiées par des signes cabalistiques : AV, AR, AV RAP et la touche en rouge ENRG. Un micro de la taille d'un paquet de cigarettes se branchait avec une grosse prise jack. À cette époque, les magnétophones ne couraient pas les rues et ce cadeau nous ouvrait des perspectives infinies et délectables dans le monde des sons.

Après quelques essais d'enregistrement de nos voix, de celles de la famille, du bruit de pluie, des poubelles dans la rue, après de médiocres tentatives de capture de chants d'oiseaux ou de cigales, nous fûmes bien obligés de constater, Claude et moi, qu'un magnétophone est un instrument stupide qui se contente de reproduire ce qu'on lui donne à enregistrer. D'autres se seraient vite désintéressés de ce perroquet électronique. Cependant nous avions compris que le magnétophone n'était pas une fin en soi mais l'instrument qui allait nous permettre d'exprimer notre ingéniosité et développer notre passion avec talent. Nous avions pris comme modèle nos émissions favorites et tentions de les imiter avec nos moyens amateurs. Notre studio était installé dans la chambre de Claude, où nous avons expérimenté tous les genres radiophoniques afin d'enregistrer des bandes qui constituaient bel et bien des « formats » d'émissions amateurs. De fait, nous redécouvrions la radio au fur et à mesure et ce qui n'était au départ qu'un jeu devint une passion. Après avoir ânonné des âneries sur nos premières bandes et enchaîné – mal – quelques histoires drôles que l'émotion rendait laborieuses et sinistres, nous avons vite réalisé que l'improvisation ne s'improvise pas et nécessite un métier et une expérience que nous étions bien loin de posséder. Le magnétophone était un juge impitoyable, lorsque nous réécoutions nos pitoyables enregistrements et nos approximations émaillées de « heu ! » et de blancs du plus mauvais effet. Pourquoi ce qui semblait si facile et léger en écoutant la radio devenait si pesant et compliqué lorsque nous essayions de l'imiter ?

Ça me titillait l'esprit, le soir, en rentrant chez moi. Je sentais bien qu'il y avait une raison qui ne tenait pas uniquement à notre jeunesse et notre inexpérience. Moi, le plus mauvais élève de l'académie des Bouches-du-Rhône, je réalisais qu'il devait falloir travailler pour préparer ces émissions, contrairement à ce que je m'abstenais de faire lorsqu'il s'agissait de réviser pour un examen ou une interrogation à l'école. Oui, mais voilà, ce qui se passait derrière le micro m'intéressait au plus haut point et j'étais décidé à utiliser toutes mes facultés pour le maîtriser. Je n'envisageais pas vraiment d'en faire mon métier, je ne savais d'ailleurs pas comment devenir animateur de radio, s'il y avait des écoles pour ça ou une agence chargée de recruter. C'était le cadet de mes soucis ! Ce que je voulais, c'était comprendre comment fabriquer une émission de radio et, pour cela, la seule solution était d'en décortiquer une et d'essayer de la reproduire.

Lorsque l'on a une passion, on dégote toujours ses semblables et je découvris rapidement qu'il existait une association au titre ronflant « Inter Jeunes de France et d'Europe » qui regroupait des fanas de radio sous la houlette d'un personnage haut en couleur, Jimmy Guieu. Sa personnalité me fascinait, auteur connu de romans de science-fiction, il était *le* spécialiste français des OVNI (objets volants non identifiés) et participait à de nombreuses émissions, très en vogue dans les années soixante. La présence des petits hommes verts parmi nous était une évidence pour Jimmy, qui n'hésitait pas à nous démontrer, preuves à l'appui, la réalité de leur existence. Seule une énorme conspiration du silence, orchestrée par différents gouvernements de la planète, empêchait que les terriens en soient informés. Une modeste élite – dont faisait partie Jimmy – s'efforçait pourtant de dessiller les yeux de ses concitoyens, avec plus ou moins de succès.

Jimmy animait dans ce but une émission à Radio Marseille, dont le titre *Les Carrefours de l'étrange* était tout un programme. Bien après *La Guerre des mondes* du maître H. G. Wells, et bien avant les aventures de Fox Mulder et de Dana Sculi dans *X-Files*, Jimmy nous entraînait – au propre comme au figuré – sur les sentiers escarpés de l'inconnu. Je me souviens avec de délicieux frissons d'une expédition nocturne au château de Montfort, hanté par les victimes du sanguinaire comte Bernard de Casnac qui, fraîchement converti à la religion cathare, avait entrepris de baptiser au fil de l'épée toutes les âmes du voisinage. Traduit en termes radiophoniques, Claude et moi fûmes chargés des soupirs lugubres, d'angoissants bruits de pas dans des salles vides et sonores, et des cris étouffés provenant d'oubliettes vertigineuses. Nous fûmes ainsi initiés au bruitage, l'une des bidouilles radiophoniques essentielles, élevée au niveau de la pure œuvre d'art par Pierre Dac et Francis Blanche dans *Signé Furax*, dont nous écoutions religieusement la rediffusion sur Europe 1. Je me garderais bien d'omettre de mentionner *Fantômas,* d'autant que ce feuilleton diffusé le soir sur la RTF étant interdit à mes jeunes oreilles, il n'en était que plus attirant. Je l'écoutais clandestinement assis sur les marches de l'escalier, grelottant de me faire prendre, fermant les yeux dans le noir lorsque la voix sépulcrale de Roger Carel retentissait, déformée par l'écho : *« Je suis le Génie du Crime, Maître de tout et de tous !* » Nous communions dans ce réseau magnétique des bruits de portes claquées, de verrous tirés, de grilles heurtées, de pas crissant sur le gravier ou craquant sur les parquets, du froissement d'une cape soyeuse et du claquement précipité de talons féminins et puis il y avait ces halètements de peur, ces cris de détresse et ces corps sans vie tombant sur le trottoir mouillé avec un bruit mat et définitif. J'y partageais les mêmes émotions que celles chantées par Pablo Neruda « Les femmes Pacheco lisaient / dans la nuit Fantômas / à haute voix / tendant l'oreille / autour du feu, dans la cuisine, / et je dormais en entendant / les prouesses, / les mots du poignard, les agonies[1]. »

L'essentiel était pour moi de pouvoir approcher une station de radio, d'être admis dans un studio, et de baigner dans toute cette fébrilité professionnelle qui entoure la fabrication d'une émission. Je me trouvais parfaitement à mon aise dans cette atmosphère que j'allais chérir tout au long de ma carrière. Pour

1. Pablo Neruda, *Mémorial de l'Île Noire*, Gallimard, 1970.

l'heure, je partageais – inégalement – mon temps entre le lycée et les luxueux bureaux d'Inter Jeunes, situé dans un élégant immeuble de la rue Colbert, qui accueillait aussi l'Académie cinématographique du Midi. Je n'ai jamais très bien su ce que recouvrait cette obscure association dirigée par un quinquagénaire que nous avions baptisé « l'espion », tant sa mine investigatrice et ses manières nous semblaient suspicieuses. L'espion organisait périodiquement des « castings » de figurants et surtout de figurantes qui nous attiraient, Claude et moi, ces après-midi-là. Une autre raison me poussait à fréquenter assidûment les bureaux de l'association, je faisais la cour à Marie-José, la secrétaire, qui deviendrait quelques années plus tard ma compagne et la mère de ma fille Virginie.

Nous brûlions d'envie de faire nos preuves. Nos exercices au magnétophone, notre participation sonore au *Carrefours de l'étrange*, nos premiers essais comme reporter pour l'association et la fabrication artisanale de maquettes d'émission nous cantonnaient dans un amateurisme certes éclairé, mais néanmoins frustrant. Nous en étions à ruminer des plans pour percer dans ce milieu qui, sous une trompeuse apparence de libéralisme et de transparence, se révélait plus fermé et rigide que nous ne le supposions. Il ne fallait pas laisser passer notre chance, nous répétions-nous en boucle. Encore aurait-il fallu qu'elle se manifeste ! C'est France Inter qui tendit le premier hameçon. Au cours de l'émission pour la jeunesse *Les Ardugos*[1], José Artur lança un grand concours pour recruter de jeunes correspondants dans toute la France. Les candidats devaient effectuer un reportage dans leurs villes autour d'un sujet sur la jeunesse. On n'appelait pas encore « reportage de société » ce type d'enquête au ras du pavé, mais nous sûmes immédiatement que nous devions saisir notre chance. Après moult discussions et consultation des membres de l'association, nous tombâmes d'accord pour pointer l'absence criante de Maison des Jeunes et de la Culture dans notre bonne ville de Marseille. Le sujet était pertinent et polémique, nous avions – sans vraiment en avoir conscience – soulevé un lièvre qui intéressait non seulement la jeunesse, mais faisait froncer les sourcils aux plus anciens.

Nous avions la tête dans les nuages en posant notre candidature, elle fut acceptée. Mais, passé le moment d'euphorie qui suivit notre sélection –

1. Le nom de l'émission avait été formé avec les premières lettres des trois producteurs : José Artur, Claude Dupont et Michel Godard. Bel exemple de titre qui sonne bien à la radio, alors qu'il est barbare à l'écrit.

nous étions, sans le savoir, les seuls candidats des Bouches-du-Rhône –, il nous fallut nous coltiner avec le réel et construire notre émission. Claude et moi nous y sommes attelés avec une volonté et une énergie qui auraient bien étonné nos professeurs s'ils en avaient eu connaissance. Il fallait, pour réaliser quelques dizaines de minutes d'émission, mettre en œuvre nos neurones et accomplir ce qui nous révulsait lorsque nous étions en cours, alors que cela nous paraissait essentiel pour notre émission : faire un plan. J'avais toujours refusé de m'astreindre à l'exercice pour une dissertation, un exposé ou un travail scolaire, comme nous y incitaient nos profs. Mais je compris qu'il était nécessaire de construire une ossature préalable, pour la décorer ensuite de toutes les parures radiophoniques que nous possédions.

Ce travail nous prit plusieurs semaines qui nous permirent d'expérimenter différentes facettes du reportage journalistique. Nous abordions notre mission avec sérieux et constations avec surprise qu'on nous prenait nous-mêmes au sérieux. De nos camarades de lycée, sur qui nous avons tout d'abord testé nos questions, nous sommes passés à des usagers de théâtre ou de concert, puis des responsables d'actions culturelles – que l'on nous recommandait de rencontrer – pour aboutir enfin au politique, terrain sur lequel nous nous sentions fort peu à l'aise mais qu'il nous parut nécessaire d'explorer. C'est ainsi qu'à l'issue de notre investigation, nous décidâmes d'interroger Gaston Defferre, ce qui équivalait pour des « minots » à interviewer Dieu le Père. Mais, pénétrés de l'importance de notre mission, nous fîmes une demande officielle au maire de Marseille, qui nous délégua son conseiller aux Affaires sportives et culturelles (comme on disait alors), qui nous reçut et répondit civilement à nos questions. Après plusieurs heures de montage où nous sélectionnâmes parmi le monceau d'enregistrements ce qui nous semblait être les meilleurs moments, le résultat agrémenté de musique voire d'un jingle se traduisit par un bobinot que je postai avec un pincement au cœur et une petite prière à l'adresse de l'administration des Postes et Télécommunications. Les jours passèrent à l'écoute de notre émission préférée sans que le moindre signe nous soit envoyé, même sous un quelconque mode subliminal que nous tentions vainement de décrypter, heure après heure ! La délivrance survint d'un simple coup de téléphone.

– Bonjour, ici c'est la Maison de la Radio, je voudrais parler à Jean-Pierre Foucault, s'il vous plaît.

Mon cœur faisait des bonds dans ma poitrine : la Maison de la Radio m'appelait par mon nom !

– C'est moi…

– Félicitation, vous êtes, avec votre ami, les grands gagnants du concours *Les Ardugos* dans votre région Provence. Votre reportage sera diffusé sur les ondes et…

Je ne sais si notre reportage fit avancer le dossier des Maisons de Jeunes et de la Culture à Marseille, mais cette distinction nous emplit, Claude et moi, d'une fierté sans pareille. Elle atteint son zénith le jour où une DS break aux couleurs de l'ORTF, une immense antenne fixée sur le coffre et maintenue devant le capot par des câbles, stationna le long de la maison, boulevard du Collet, provoquant une intense curiosité dans le voisinage. Ce jour-là, « le roi n'était pas mon cousin », comme disait ma mère, lorsque j'ouvris la porte au journaliste qui venait nous interroger sur la manière dont nous avions réalisé notre travail. Il voulut monter dans ma chambre pour y visiter notre studio amateur puis, après nous avoir posé quelques questions, nous annonça que notre reportage était programmé pour la semaine suivante. Le rouge du plaisir aux joues, je le raccompagnai jusqu'à sa voiture et lui serrai longuement la main pour bien montrer à l'attroupement qui s'était formé dans la rue ma proximité avec les hautes personnalités de la radiodiffusion-télévision française. Sacrée jeunesse !

Huit jours plus tard, comme promis, notre sujet fut lancé au cours de l'émission *Les Ardugos* par cette phrase dont les termes résonnaient à mes oreilles comme une onction : *Et nous retrouvons à Marseille nos deux correspondants, Jean-Pierre et Claude…* Toute la famille était religieusement assise en rond devant le poste, et écouta dans un silence de cathédrale les dix minutes de notre reportage. Puis le présentateur, après nous avoir à nouveau félicités, enchaîna avec le tube des Parisiennes qui faisait un malheur cette année-là : *Il fait trop beau pour travailler…* Tout ce bonheur, me permettait – pour la première fois – de combler une partie du grand vide qui s'était creusé en moi à la mort de mon père, et que j'avais élargi de ma propre volonté, en refusant obstinément de m'investir au collège puis au lycée. J'avais en moi une colère et je me complaisais dans ce statut de cancre, qui me rendait d'autant plus malheureux qu'il faisait le désespoir de ma mère.

3.

Son flacon de Pétrole Hahn

C'est par hasard que je trouvai le moyen infaillible d'évoquer mon père, avec autant de vérité qu'il me suffit de fermer les yeux, aujourd'hui encore, pour le sentir juste devant moi. Un simple flacon de Pétrole Hahn fait office de lampe magique. Je remue la petite bouteille pour bien mélanger les deux liquides qu'elle contient, soigneusement séparés par une invisible ligne frontière, comme je l'ai vu faire à mon père des dizaines de fois. Puis je dévisse le bouchon… et mon père est là, extirpé des circonvolutions de mon cerveau par la seule magie de cette odeur puissante et virile qui, depuis plus de cinquante ans, le maintient en vie, secrètement, dans mon cœur.

Le premier objet que me remit ma mère après la mort de mon père fut son porte-cigarettes en or et son briquet. C'était un cadeau un peu pompeux pour un adolescent, mais peut-être voulait-elle me signifier que j'étais devenu désormais un homme. Elle me donna, bien plus tard, sa montre extra-plate, que je porte encore souvent au poignet, puis une large sacoche à soufflet en cuir, qui lui servait à ranger les billets de banque. Elle ne se défaisait des souvenirs de mon père qu'avec parcimonie et me remit ces objets tout au long de sa vie, soulignant un événement par ce don, que la rareté rendait encore plus précieux. Le dernier objet qu'elle me donna, juste avant sa mort, fut un lourd manteau de cuir qu'il affectionnait particulièrement et dont je gardais en mémoire la texture de la peau et l'odeur forte du tannage. De tous les souvenirs de mon père, celui auquel je tiens le plus, c'est une lettre que ma mère lui avait envoyée, quelques jours avant sa mort, et où j'avais écrit, à la suite, un petit mot. Rien que de très banal, ma mère y donnait des nouvelles domestiques et j'avais rajouté en bas : « Je suis allé camper à Morgiou, il faisait froid… » Cette lettre se trouvait dans la poche poitrine de sa veste lorsqu'il a été assassiné, et elle est tachée de son sang. Les années ont bruni l'encre et le sang qui éclabousse le papier, mais elle témoigne toujours d'une manière indélébile de la violence de sa mort. Cette lettre fut véritablement la manifestation tangible de la disparition brutale de mon père. J'avais à peine quatorze ans.

C'était un jour comme les autres, ce 22 février 1962, le jour où je perdis cette légèreté de l'enfance. J'étais en classe, au lycée Marseilleveyre, lorsque le proviseur vint me chercher en plein milieu de l'après-midi et me demanda de sortir avec lui dans le couloir. En temps normal, je me serais interrogé sur l'ampleur du dernier forfait que j'avais bien pu commettre pour provoquer le déplacement du proviseur en personne. Mais son sourire un peu crispé et cette main qu'il posa sur mon épaule brouillèrent en un instant tous mes repères. De banales craintes laissèrent place à une inquiétude beaucoup plus insidieuse qui se fixa dans ma poitrine, enserrant mon cœur d'une griffe puissante. D'une voix un peu tremblée, il me dit :

– Foucault, on vient de me prévenir que ton père a eu un accident en Algérie. Dès la fin des cours, rentre chez toi et ne tarde pas en route.

– Un accident ? Un accident de quoi ?

– Je n'en sais pas plus, mon garçon.

La stupeur me terrassa, je pensai à un accident de voiture. Mais j'écartai l'idée aussitôt, je voyais mon père comme un conducteur émérite, incapable d'avoir un accident. Il fallait que j'obtienne plus d'informations pour desserrer cette barre qui me comprimait l'estomac. Je filai solliciter le censeur pour qu'il me laisse téléphoner chez moi. Il refusa tout net, s'imaginant que je voulais téléphoner en

Algérie ! Je n'y avais même pas pensé, je ne connaissais pas le numéro de mon père ! La colère me bouleversa, d'autant que j'interprétais son refus comme une sanction due à ma conduite déplorable, une vengeance mesquine. Je fus tellement indigné par cette injustice que, pendant plusieurs années, Verdier, le nom du censeur devint synonyme de salaud[1]. Je qualifiais ainsi de « Verdier », même à l'antenne, ceux que je voulais écraser de mon mépris.

Je rentrai chez moi d'une traite dès la fin des cours et j'avalai les escaliers du jardin plusieurs marches à la fois. Ni maman, ni ma sœur Françoise n'étaient là, mais ma sœur cadette, Anne, venait de rentrer de l'école. Elle aussi avait été prévenue par un voisin que notre père avait eu un accident ; que notre mère allait revenir ; qu'il fallait l'attendre sagement à la maison. Je grimpai à l'étage ne pouvant me défaire d'une anxiété qui ne faisait que s'accentuer depuis mon retour. L'absence de ma mère, la sollicitude des voisins, le flou des informations me mettaient de plus en plus mal à l'aise. Je me réfugiai dans ma chambre pour y déposer mon cartable, mais, ne supportant pas de rester là, je m'installais

1. Au sens sartrien du terme.

en bas, à côté de la porte et, pour m'occuper l'esprit, feuilletai sans le lire un magazine qui traînait dans l'entrée. Puis je rejetai impatiemment l'illustré et sortis pour m'asseoir en haut des marches, à la place que j'occupais lorsque j'étais pitchoun, pour avoir le plaisir d'être le premier à voir mon père, de retour de voyage, apparaître à la porte du jardin.

J'étais incapable de rester sans rien faire. Je dévalai l'escalier jusqu'au garage qui donnait sur la rue et m'installai dans la voiture de mon père, sa précieuse Delahaye décapotable. À sa place, derrière le volant, je m'enfermais dans une telle bulle protectrice que, dans l'odeur familière du cuir des sièges et de mélange d'essence et de fer refroidi, j'avais le sentiment qu'il était là, à mes côtés, éloignant d'imaginaires angoisses. Je fus tiré de cette douce rêverie par le bruit d'une voiture qui s'arrêtait dans la rue. Je courus, plein d'espoir… C'était une grosse Mercedes 190, qui appartenait à l'une des relations d'affaires de mon père, et cette splendide berline m'avait toujours impressionné. Son propriétaire me sourit gentiment et me prit par le bras.

– Tu sais que ton père a eu un accident.

– Oui, je sais, mais j'attends ma mère, elle n'est pas là.

– Ne t'inquiète pas, ta maman ne va pas tarder à rentrer. Je dois passer au bureau pour y prendre quelques papiers, veux-tu m'accompagner ?

En vérité, je mourais d'envie de monter dans sa voiture et cette perspective me fit oublier mes angoisses. Je le suivis sans même prévenir ma sœur, me faisant la réflexion que ma mère était peut-être dans les bureaux de la société, rue Breteuil, en train de téléphoner en Algérie. Pendant le trajet, l'homme me posa quelques questions sur ma vie, sur mes études, montrant une sollicitude non feinte pour mon avenir qui, loin de me détendre, raviva mes craintes. Je ne l'interrogeai pas directement sur cet accident et sur ses éventuelles conséquences pour mon père, je devais inconsciemment redouter la réponse. Je préférai le questionner sur les performances de sa Mercedes et, visiblement soulagé de changer de conversation, il se révéla volubile sur le sujet. Il n'y avait personne au bureau et, après avoir pris quelques documents, nous refîmes le chemin inverse, l'homme me déposa devant la porte de la maison et, après m'avoir recommandé d'attendre sagement, il me quitta sur un dernier regard chargé de tant de tristesse et de compassion qu'il me donna la chair de poule.

Je repris ma place en haut des marches du jardin, en proie à une confusion qui me faisait, contre toute logique, espérer que mon père allait se matérialiser devant moi. J'imaginais tout un scénario où mon père conduisait une voiture dans une rue d'Alger – que je me figurais comme celle du quartier du Panier – et, superposant les images d'un accrochage auquel j'avais assisté, je bâtis une histoire où *un con* lui rentrait dedans, le précipitant dans le pare-brise. Mais j'écartai vite l'image de mon père le visage ensanglanté pour celle, plus supportable, d'une simple jambe cassée. Je le voyais donc descendant de la passerelle de la Caravelle où je l'avais vu monter quelques jours auparavant, affublé d'une paire de béquilles, dont il saluait ma mère venue l'attendre à l'aéroport. Puis il arrivait à la maison et je me précipitais pour l'aider à gravir toutes les marches de notre jardin en pente jusqu'en haut où je lui disais combien j'avais eu peur, mais combien j'étais heureux de le revoir avec juste ce handicap que je baptisais « simple égratignure ». Et tout le monde était heureux de se retrouver ensemble…

Ce scénario émollient fut brutalement interrompu par l'apparition de ma mère au bas du jardin, tenant ma petite sœur Françoise dans ses bras. Je me levai d'un bond et me précipitai vers elles. *Tout allait s'arranger !* J'arrêtai net ma course. Changé en pierre comme par Méduse. Jamais, jamais je ne pourrais oublier son visage à cet instant-là. C'était celui d'un spectre ravagé par la douleur, ses yeux me fixaient, mais ne me voyaient pas ; murée dans son chagrin, elle s'était retirée à l'intérieur d'elle-même, me laissant dérouté, au seuil d'une souffrance d'autant plus horrible qu'elle n'avait pas de nom. Maman sembla me découvrir soudain et me serra fort dans ses bras. « Papa a eu un accident... », me murmura-t-elle à l'oreille, puis elle s'occupa de mes sœurs en silence.

Le silence. Il venait d'envahir cette maison, enveloppant d'une ouate maléfique les bruits, les gestes, les pensées. Je n'osais bouger de peur de le rompre, enfermé dans mes songes, réduit à tourner et retourner ce mot « accident » dans ma tête sans pouvoir en tirer la moindre signification. Ce mot croyait tout dire, il ne voulait rien dire. J'essayais d'en tirer la moindre parcelle d'information, je me raccrochais à lui pour ne pas en évoquer un autre, beaucoup plus terrible qui, peu à peu, s'imposait, bien que je fisse tout pour le chasser. Maman s'était isolée pour téléphoner et, en fin d'après-midi, elle nous annonça qu'elle partait pour Alger, sans préciser ce qu'elle allait y faire, ni même faire mention du nom de notre père. Elle avait demandé à une voisine de venir nous garder et, d'une voix lasse et triste, nous recommanda de lui obéir sans causer de problèmes. Mes sœurs et moi étions assis dans la cuisine tandis que la voisine, une brave femme, nous contemplait en joignant les mains :

– Mes pauvres enfants, quel drame ! Mon dieu, quel drame !

Au-dessus de notre tête, dans sa chambre, ma mère faisait sa valise, et j'entendais ses pas aller et venir de l'armoire au lit, tandis que dans la cuisine la voisine continuait ses psalmodies. La scène me paraissait irréelle, cauchemardesque, mes sœurs, tétanisées, fixaient le vide et je fus pris soudain d'une irrépressible envie de pleurer. Je ne sais comment je parvins à ravaler mes larmes, peut-être par orgueil ou par superstition – pour ne pas laisser au malheur, qui rôdait dans la maison, l'occasion de fondre sur moi. Je fus au bord de craquer lorsque je vis ma mère descendre l'escalier pour partir à l'aéroport, tout habillée de noir et de gris, elle qui cultivait cette vanité féminine d'être toujours coquettement vêtue.

Maman resta deux jours à Alger. Je n'ai aucun souvenir de ces deux jours, comme s'ils avaient été mis entre parenthèses dans mon esprit. Je me souviens simplement de l'arrivée de ma tante Delphine, la sœur de mon père, venue de Neuilly pour s'occuper de nous, à la demande de maman. Tati avait pris tout de suite les choses en main : surmontant son chagrin, éludant nos questions, sans rien laisser transparaître de sa souffrance, elle avait rétabli un début de normalité dans la maison. Comme si de rien n'était, elle envoya les deux aînés à l'école, tandis qu'elle s'occupait de la petite dernière. Elle savait que mon père, son frère adoré, était mort, et suivait au téléphone les pénibles démarches de ma mère à Alger.

Le parti pris de ne rien nous dire, de nous laisser ainsi dans cet état de fiévreuse incertitude peut paraître curieux et même cruel. La raison en était dramatiquement simple. Mon père n'avait pas été victime d'un accident. Il avait été assassiné, d'une manière ignoble, abattu de deux balles dans le dos, en pleine rue. Au désespoir, s'ajoutait l'horreur d'un meurtre spectaculaire, perpétré froidement, en plein jour, qui présentait toutes les apparences d'une exécution. Nous apprendre, à ma sœur Anne et surtout à moi, la mort de notre père était déjà une cruelle épreuve, en expliquer les circonstances la rendait insoutenable.

La brutale réalité frappa ma mère dès sa descente d'avion, à l'aéroport d'Alger. Un des collaborateurs de mon père lui donna le peu d'informations qu'il possédait sur l'attentat, et ma mère fut aussitôt précipitée dans les méandres d'un circuit bureaucratique depuis la morgue, le commissariat de police, les bureaux administratifs… auquel elle n'était pas préparée et qui laissait peu de place à la compassion. L'avantage, si l'on peut dire, c'est que cette activité ne lui laissait pas non plus le temps de s'apitoyer sur son sort. Ma mère fit preuve, en ces circonstances extrêmes, d'une détermination et d'une efficacité dont elle-même ne se serait pas crue capable. Elle allait le démontrer d'ailleurs tout au long de cette nouvelle vie de veuve en charge de trois enfants.

Pour l'heure, après avoir reconnu le corps à la morgue, maman fut interrogée par la police sur le passé de mon père, ses opinions politiques et sur les circonstances de ses fréquents séjours à Alger. Ma mère ne put leur apporter que de banales précisions sur la Société algérienne de Commerce extérieur, fondée par mon père deux ans auparavant et qui s'était spécialisée dans l'importation de fruits en provenance du Maghreb. Activité qui s'était bien développée et qui nécessitait de fréquents allers et retours Marseille-Alger ; quant à la politique, ma mère ne lui connaissait aucun engagement autre que sa détermination à faire des affaires ; les « événements » en Algérie, comme on les baptisait prudemment alors, en raréfiant les activités commerciales, favorisaient ceux qui maintenaient les leurs. C'était le cas de mon père, dont les transactions étaient florissantes.

Il avait été assassiné, lui apprirent les policiers, alors qu'il vérifiait un chargement d'agrumes, juste devant l'immeuble de son bureau, rue Michelet, en plein centre d'Alger. Les témoins avaient vu une voiture s'éloigner à vive allure juste après les deux coups de feu tirés dans le dos de mon père. On avait pu relever le numéro d'immatriculation et on allait effectuer une enquête, assurèrent-ils. La guerre d'Algérie, en ce mois de février 1962, était en passe de se terminer officiellement, puisque les accords d'Évian furent signés un mois plus tard. Néanmoins, une guerre cruelle continuait ses ravages entre l'OAS, le FLN et les services spéciaux français. Tortures, attentats, exécutions, expéditions punitives étaient le lot quotidien des Algériens, qu'ils soient indigènes, pieds-noirs, civils, militaires, militants des deux bords ou simple citoyens, et furent particulièrement violents tout au long de l'année 1962, qui vit le rapatriement de neuf cent mille Français d'Algérie et de Harkis. Mon père n'était en aucune manière partie prenante dans ce conflit, comme l'enquête l'établira plus tard, mais le contexte politique et sa mort violente laissaient supposer le contraire. Néanmoins, la police d'Alger ne montra pas beaucoup d'acharnement dans son investigation : l'assassinat d'un commerçant métropolitain ne suscitant pas, à l'époque, d'émotion excessive[1].

Le problème de ma mère était plus prosaïque, elle voulait ramener le corps de son mari à Marseille pour qu'il soit inhumé en France, et elle entreprit immédiatement les démarches en ce sens. Il lui fallut deux jours pour obtenir les autorisations nécessaires et organiser le transfert, avec l'aide d'une entreprise de pompes funèbres. Ma mère, qui ne connaissait rien aux affaires commerciales de papa, se contenta de récupérer les objets personnels de son époux. À la morgue de l'hôpital, on lui signala que son portefeuille avait disparu, volé certainement pendant son transfert en ambulance, mais on lui remit la lettre trouvée dans sa poche poitrine. En voyant sa propre écriture sur l'enveloppe, et la tache de sang qui en brouillait les lignes, elle s'écroula en larmes à l'évocation du moment, perdu à jamais, où elle avait écrit ces quelques mots. La tension émotionnelle qui chargeait cet objet était si forte, que ma mère avait du mal à la contrôler. Dès son retour à Marseille, elle

1. La guerre d'Algérie fit entre 300 000 et 400 000 morts du côté algérien. 27 500 militaires français tués, un millier de disparus. Dans la population civile européenne, on décompte 800 disparus et 2 800 tués (Encyclopédie Larousse).

me remit cette lettre, me faisant ainsi gardien du sang répandu de Marcel Foucault. Ma mère ne voulait pas rester à Alger une minute de plus qu'il n'était nécessaire. Le cercueil de mon père serait rapatrié par le *Ville d'Alger,* le bateau qui effectuait la liaison trans-Méditerranée, et qui avait tant de fois transporté les cargaisons de fruits de sa société. Elle confia – imprudemment – à l'un de ses associés le soin de régler les affaires en cours, et s'embarqua dans la première Caravelle en partance pour Marseille.

Papa est mort ! Je répétais ces mots à l'infini pour tenter de conjurer cette réalité qui me révulsait. Pendant les quelques jours qui suivirent le retour de maman et la confirmation de ce que j'appréhendais, je fus incapable de lutter contre la chape qui m'accablait moralement, mais aussi physiquement. Alors que j'étais dans la force de l'adolescence, je me ressentais faible et sans énergie, fragilisé au point d'être empêché d'effectuer les gestes élémentaires comme de se déplacer, se vêtir, parler, se nourrir… Tout m'était effort. Je me réfugiais dans ma chambre, puis dans mon lit, puis en moi-même, régressant jusqu'à me mettre à sucer mon pouce, dans une tentative désespérée pour revenir à la douce inconscience d'un nourrisson. Je ne pouvais chercher de réconfort autour de moi. Ma mère s'était murée dans une forteresse d'insensibilité, réservant le peu d'épanchement dont elle était encore capable à mes deux sœurs plus jeunes, me laissant affronter *en homme* un chagrin trop grand pour moi.

Existe-t-il un mode d'emploi pour survivre à la mort de son père ? Je n'en avais pas. Personne n'en a, mais je n'en savais rien. Anéanti par cet événement inimaginable, je perdais pieds, ne tentant même pas de me débattre. Au contraire, je me réfugiais dans une tentative désespérée pour exorciser sa disparition par des rites qui paraissent dérisoires, mais qui sont, de toute éternité, la seule réponse de l'humanité au vertige de la mort. Tantôt je restais les yeux fixés sur ce robinet de jardin qui fuyait, fasciné par les gouttes tombant paresseusement une à une, et je revoyais interminablement mon père serrer fermement la molette avant de partir, grommelant à propos de l'eau gaspillée. Cette évocation – proche d'une incantation – me permettait, par un curieux mécanisme de l'esprit, de revivre en boucle ces minuscules fragments du passé. Un peu à la manière de ces vidéos, dans les expositions d'art contemporain, qui répètent une séquence jusqu'à la transe. Je pouvais aussi contempler à l'infini le manège des poissons rouges dans le bassin, nageant paisiblement, mais qu'un doigt dans l'eau suffisait à faire paniquer.

Avaient-ils conscience de la mort ? Je ne tardai pas à sacraliser les emplacements que mon père avait foulés ou touchés une dernière fois avant son départ. Une marche de l'escalier que j'avais élue, un endroit de la rampe où il s'était appuyé, le bouton de la porte qu'il avait refermée derrière lui… Tous ces objets inanimés à qui sa disparition donnait une âme. À dater de ce jour, je me mis à collectionner les objets de ma vie pour préserver son souvenir.

Les jours passaient et chaque soir nous renvoyait à nos solitudes, celle de ma mère enfermée dans son mutisme, de mes deux sœurs qui, plus jeunes et dormant dans la même chambre, s'étaient rapprochées l'une de l'autre, de Tati qui luttait sans convaincre personne pour faire belle figure, et la mienne. Moi qui chaque nuit mouillais mon oreiller de larmes, jusqu'à m'assoupir, épuisé, avec la peur du réveil et de la journée qui s'annonçait, où il me faudrait encore, jusqu'au soir, me charger du poids de cette peine inouïe. Je pressentais déjà que l'image de mon père allait s'évanouir jusqu'à disparaître et tentais désespérément de garder en mémoire le souvenir de ses traits. Je m'aperçus avec désespoir que je n'avais pas une seule photo de lui. Nous avions à foison de photographies de ma mère, mes sœurs et moi, à différents moments de notre vie et dans les circonstances variées de nos activités familiales. Mais c'est toujours mon père qui prenait les photos et qui était derrière son appareil, un *Telka,* dont le soufflet se dépliait en appuyant sur un petit bouton, comme le viseur qui s'ouvrait sur le dessus. Avant chaque photo, mon père effectuait de savants réglages, profondeur de champ, luminosité... qui demandaient quelques minutes, tandis qu'un rictus plaqué sur la figure, nous attendions que le petit oiseau veuille bien sortir. Le claquement caractéristique de l'obturateur annonçait la fin du calvaire. En résultaient de petits clichés en noir et blanc, encadrés d'un bord festonné qui permettait d'attraper le cliché sans mettre les doigts dessus. Sur plusieurs d'entre eux, on pouvait apercevoir sur le sol, l'ombre étirée du photographe, dos au soleil. Je ne possédais donc de mon père qu'une seule photo, un peu floue, où on l'aperçoit d'assez loin, me donnant la main, et plusieurs ombres projetées de sa silhouette.

4.

Le dernier voyage en Delahaye

Au cours d'une émission de *Sacrée Soirée,* mes collaborateurs me firent la surprise d'amener sur le plateau la Delahaye de mon père, qu'ils avaient dénichée chez un collectionneur après une enquête digne de *Nestor Burma*. C'était bien elle ! Malgré l'horrible couleur bleu vif dont elle avait été rénovée, je reconnus le son et l'odeur imprimés pour toujours dans ma mémoire. Sur le tableau de bord, la petite plaque en cuivre levait tous les doutes, en lettres rondes était gravé : *Marcel Foucault.* L'émotion fut telle qu'après l'émission, j'envisageai sérieusement de l'acquérir – et de la faire immédiatement repeindre en gris ! Je téléphonai à ma mère aussitôt pour lui annoncer joyeusement mon intention. Sa réaction ne fut pas celle que j'escomptais. Alors que je m'attendais à ce qu'elle soit émue de ces retrouvailles, elle me demanda le prix qu'en voulait le collectionneur, puis le comparant sans doute mentalement avec ce qu'elle en avait tiré à l'époque, me dit que c'était trop cher ; et, alors que je tentais de relativiser, elle devint véhémente et me déconseilla formellement de racheter cette voiture ! Je raccrochai dépité et chagriné par cette réaction déroutante.

Et puis je réfléchis. L'argument du prix évoqué par ma mère ressemblait à une manœuvre pour dissimuler les vraies raisons de ce refus. Maman s'était instinctivement rebellée à l'idée que je fasse reparaître cette voiture parmi nous. Je m'interrogeai longuement, et puis je compris : pour elle, cette voiture revenait en quelque sorte d'outre-tombe. C'était à la fois un rappel des dramatiques raisons pour lesquelles elle avait dû s'en séparer, mais aussi une sorte de reproche de l'avoir fait. Maman savait aussi que ressusciter la Delahaye ne signifierait pas le retour de mon père. Au contraire, elle raviverait des blessures qui avaient eu tant de mal à se refermer. La Delahaye était une cicatrice. Effectivement, le souvenir de nous tous à son bord roulant dans le vent chaud était bien plus riche et bien plus précieux que quelques tôles peintes en bleu.

Papa revint à la maison enfermé dans un cercueil, que les employés des pompes funèbres placèrent sur deux tréteaux dans le salon, après lui avoir fait gravir péniblement la volée de marches du jardin. Je fus, et c'est bien normal, choqué par cette boîte censée contenir ce corps, mort, qui revenait de façon incongrue s'installer pour quelques heures dans la maison familiale. J'avais, à la fois, bien du mal à imaginer mon père gisant ainsi, tout en considérant la présence effroyable de ce cercueil qui donnait une réelle existence à sa disparition. J'osais toucher le bois lisse et blond que je caressais, j'examinais les poignées en bronze ouvragées et les grosses vis placées sur le dessus. L'idée me traversa un moment l'esprit que je pourrais, la nuit venue, dévisser le couvercle pour contrôler sa présence à l'intérieur. Non pas que j'eusse de sérieux doutes, mais plutôt par défi, contre cette injustice qui m'avait rendu mon père de cette manière.

Les funérailles étaient prévues à Poitiers, dont les Foucault étaient originaires, et à Marseille, une simple levée du corps, le matin. Les circonstances de la mort de mon père, assassiné en Algérie – alors que la guerre apportait quotidiennement son lot de décédés et de blessés –, affectèrent profondément nos voisins. Mon père était un homme respecté dans le quartier du Lapin Blanc, où il avait acheté la maison en 1947, lorsque mes parents s'étaient fixés à Marseille et que mon père avait fondé sa société de négoce. Une foule de gens avaient tenu à lui rendre hommage, mais également à soutenir notre famille. Il y avait là, outre nos proches voisins, des relations de mon père, des amies de classe de mes sœurs Anne et Françoise, mes amis à moi, une délégation de nos professeurs, mes camarades des Scouts de France et des inconnus qui, pour une raison ou une autre, avaient tenu à être là. Je n'attachais pas beaucoup d'attention à cette foule, me reprochant – bien plus tard – de ne pas avoir pris la peine d'en garder une trace. Je suis certain que, dans la foule anonyme, se pressaient d'anciens camarades de mon père, principalement dans la Résistance, qui auraient pu m'être particulièrement utiles pour m'aider à démêler les raisons de son assassinat. À l'époque, je n'étais qu'un garçon de quatorze ans qui suivait, la tête baissée, le cercueil de son père, porté par quatre hommes jusqu'au corbillard, un break 203 noir.

Ma mère ne cachait pas les ravages de ce décès. Sa douleur muette le disputait à une colère toute slave – elle était d'origine polonaise – et s'exprimait dans une posture tragique où les larmes et ses mains tordues démontraient à tous la révulsion et l'horreur dans lesquelles elle était plongée. On plaça le cercueil dans la voiture et le chauffeur des pompes funèbres m'invita à monter à ses côtés. Ma mère, ma tante et mes sœurs s'installèrent dans la voiture de mon parrain, et le petit cortège quitta le 44, boulevard du Collet, sous les regards humides de la modeste foule. Paradoxalement, ce long voyage ne fut pas aussi pénible que je le redoutais. J'étais assis à côté du chauffeur qui, après m'avoir dit quelques mots convenus de réconfort, se concentra sur sa conduite et ne m'adressa quasiment plus la parole. Je laissais mon esprit vagabonder et, après toutes ces journées de tétanie, commençai à me détendre. Le bercement de la voiture y était vraisemblablement pour quelque chose mais, peu à peu, le relâchement de mes muscles provoqua le réveil de mon esprit engourdi. Je me mis bien sûr à évoquer mon père, auprès duquel j'avais entrepris notre dernier voyage. Et c'est tout naturellement que me revinrent nos voyages dans la superbe Delahaye, mais aussi en remontant le temps dans cette incroyable 2 CV Citroën, avec laquelle toute la famille avait sillonné la France. On ne célébrera jamais suffisamment la deudeuche, ce sac à dos à roulettes qui a fait le bonheur de millions de Français. Quand je dis le bonheur, c'est le premier mot qui me vient à l'esprit, et je ne dois pas être le seul, puisque je vois s'allumer les yeux de mes interlocuteurs lorsqu'on évoque cette voiture mythique. Lorsque je fais aujourd'hui un tour au volant de la mienne, je ne compte plus les regards de sympathie qui accompagnent le sillage de ce sympathique petit crapaud gris, promu objet de collection.

Sur la route de Poitiers, plus seul que je ne l'avais jamais été, je mobilisais mes souvenirs sachant inconsciemment que je rendais ainsi un dernier tendre hommage à mon père. Toutes les sensations et les péripéties de la route, même les plus minimes, étaient susceptibles d'évoquer en une fraction de temps un épisode passé. Cette côte interminable qui obligeait le chauffeur du corbillard à rétrograder et je me retrouvais à l'arrière de la deuche, avec mes sœurs, papa arc-bouté sur le volant, qui exhortait la voiture à tenir bond jusqu'en haut de la pente, maman qui jouait le jeu avec ses « allez ! Ho hisse ! » en riant des efforts du modeste – mais robuste – moteur. Et ma petite sœur, inquiète, qui demandait rituellement « Est-ce que tu as pris assez d'élan, papa ? » Et mon père tout aussi rituellement répondait : « Ah flûte, je l'ai oublié à Marseille ! » Ce qui provoquait une rigolade générale. À l'évocation de ces petits riens, de ces rites, qui sont le bonheur et la cohésion d'une famille, je sentais les larmes me monter aux yeux. Saturé d'émotions et de fatigue, bercé par les souvenirs et le ronronnement du moteur, hypnotisé par le défilement stroboscopique des platanes sur le côté de la route, je m'endormis paisiblement. Pour la première fois depuis plusieurs jours. C'est le chauffeur qui me tira de ce sommeil sans rêve, me ramenant à une réalité que j'avais mise de côté pendant quelques précieuses minutes. Tout de suite l'odeur entêtante des fleurs que l'on avait déposées sur le cercueil me rappela où j'étais et je tournai la tête pour m'assurer que cette boîte en bois ne faisait pas partie d'un cauchemar.

– On va s'arrêter à Montluçon pour se rafraîchir un peu et manger un morceau. Tu as faim ?

– Pas trop, non. Mais je me dégourdirais bien les jambes.

Au moment où je disais ces mots, je m'en voulus aussitôt. Mon père était là, immobile pour l'éternité et moi je me plaignais d'avoir des fourmis dans les jambes ! Ce que je jugeais alors comme la marque d'une insensibilité coupable. J'étais perplexe sur ce qu'il fallait dire ou penser lorsqu'on va enterrer son père. Pendant que les femmes allaient se laver les mains, mon parrain me prit affectueusement par le bras avant de rentrer dans le restaurant.

– Ça va, Jean-Pierre ?

– Oui parrain. Ça va…

– Le trajet n'a pas été trop pénible ?

Puis il se pencha vers moi, les yeux pétillants et murmura à mon oreille.

– Dis donc ! Vaut mieux pas dire à l'aubergiste que tu transportes un cercueil dans ta voiture !

Je le regardai, ne sachant quelle contenance adopter : il riait sous cape. Je compris alors qu'on pouvait plaisanter, même aux funérailles de son propre père ! Que ce n'était pas un manque de sensibilité ou une irrévérence, mais l'affirmation que la vie continue et un exutoire efficace à l'excès de tristesse. J'en eus la confirmation au cours du repas. Mon parrain avait décidé de lutter contre l'affliction générale, en évoquant avec humour les bons moments passés ensemble. J'étais le héros d'une de ses histoires favorites, qu'il se fit un plaisir de raconter une énième fois, pour ma plus grande humiliation. C'était chez lui, à Annemasse, j'avais sept ou huit ans et il m'avait envoyé chercher un saucisson chez le charcutier.

– Et surtout, n'oublie pas de demander qu'il le désosse !

J'avais scrupuleusement délivré ce message, déclenchant l'hilarité du charcutier et de toute la boutique. Croyant qu'on se moquait de mon accent, je répétais rouge de honte : « Il faut le désosser ! » en essayant de gommer mes intonations chantantes. Ce qui ne fit que décupler les rires.

Cette halte fut bénéfique à toute la famille, même maman se dérida un peu. Quant à moi, j'apprenais que la mort faisait partie des choses de la vie. Il fallait maintenant entreprendre la dernière étape de ce voyage initiatique qui devait définitivement me sortir de l'enfance. J'en appréhendais la fin et particulièrement l'ultime étape, au cimetière, qui m'apparaissait comme une redoutable épreuve. Mes grands-parents avaient une ferme à Fontaine, un village à côté de Poitiers, où j'avais passé une bonne partie de mes vacances. Je n'avais pas connu mon grand-père, disparu lorsque j'étais bébé, mais j'éprouvais toujours un plaisir singulier à retrouver cette maison familiale, associée à l'été, aux baignades dans la rivière, aux balades dans la campagne, aux pièces sombres respirant l'encaustique et l'odeur légère des vieilles choses. J'avais peu de souvenirs de mon père à Fontaine, ma mère et lui se contentant souvent de nous y déposer avec Tati, avant de repartir pour Marseille. Pourtant, il adorait cet endroit, s'ingéniant à l'améliorer : il avait surélevé la maison d'un étage, y plantait lui-même des arbres et – comble du modernisme – y avait fait installer, en 1937, une ligne téléphonique qui avait été tirée, à ses frais, sur plusieurs kilomètres. Seuls les Postes Télégraphes et Téléphones avaient une liaison téléphonique au village, et mon père se vantait d'être le seul particulier dans la région à avoir le téléphone, le 4 à Fontaine. Mon père faisait d'ailleurs une véritable fixation sur le téléphone, nous avions également une ligne à la maison et plusieurs lignes dans ses bureaux. Il faut s'imaginer qu'à l'époque la France était sous-équipée et que les chansonniers s'en donnaient à cœur joie sur le sujet, dont l'excellent Fernand Raynaud qui avait rendu célèbre son *Allô, je voudrais le 22 à Asnières.*

Quelques cousins nous attendaient à la porte de la petite église de Saint-Georges-lès-Baillargeaux et entourèrent affectueusement ma mère et ma tante. Lorsque nous fûmes tous installés, je fus incommodé par l'odeur de l'encens, qui le disputait à l'humidité accumulée depuis des semaines de renfermé. Rien ne me parut aussi triste que cette messe, dans cette église poussiéreuse, chichement éclairée de lumignons, tremblotant pour imiter la flamme des bougies. Jamais mon père ne m'avait semblé plus seul, dressé sur ses tréteaux, décoré de fleurs coupées, à la croisée du transept, alors que le curé prononçait des paroles convenues que je rejetais avec colère. Je tentais d'évoquer son visage, mais déjà ses traits n'avaient plus cette netteté et s'estompaient, ne me laissant, à ma grande horreur, qu'une allure, une silhouette, une sensation de père. Je m'acharnais à retrouver ses expressions et, petit à petit, recomposais une image qui serait dorénavant le souvenir de mon père. Il n'y a que dans certains rêves où il m'apparaît distinctement, preuve qu'il continue d'exister quelque part, niché au fond d'une des circonvolutions de mon cerveau.

Je garde de l'inhumation deux scènes qui restent éternellement associées à cette douloureuse épreuve. La première est de voir la tombe ouverte et à côté du trou, tout de noir vêtu, M. B., le boulanger, que je connaissais bien puisqu'il livrait chaque semaine, avec sa carriole à cheval, les grosses miches de pain frais. Son arrivée était un événement – ils étaient rares à la campagne – et pendant que Tati achetait une miche de pain noir, les enfants tentaient de caresser la tête du cheval qui, lui, profitant de l'arrêt, tentait de grappiller une touffe d'herbe ou d'attraper les feuilles d'une branche basse. Il se mettait alors à encenser en montrant ses grandes dents, ce qui nous faisait reculer peureusement. Le boulanger riait fort.

– N'ayez pas peur ! Il ne mange pas les enfants !

Ce qui n'était pas pour rassurer Tati, qui nous exhortait à ne pas nous approcher, un coup de pied n'étant jamais exclu ! Eh bien, au bord de la tombe, je découvrais que le boulanger était le fossoyeur du village, et que celui qui fabriquait le pain – symbole s'il en est de la vie – était aussi celui qui ensevelissait les morts. Cette révélation que la mort et la vie pouvaient être les deux facettes de la même pièce me troubla énormément. Elle ébranlait mes certitudes enfantines sur l'ordre des choses, sans pour autant me donner de réponse.

La deuxième image que je garde est plus intime et plus troublante encore. Après l'inhumation, Tati nous emmena, mes sœurs et moi, à l'écart, tandis que le petit groupe s'éloignait entre les tombes. Je jetai un regard en arrière et vit ma mère s'avancer seule devant la tombe. Elle se tenait droite et, sans voir ses lèvres bouger, je compris qu'elle s'adressait à son époux, à son homme, pour un dernier adieu. Je sentis alors qu'un lien particulier les unissait – en dehors de mes sœurs et de moi – et fus surpris de ressentir un pincement d'exclusion. Il faudrait encore plusieurs années, que je devienne moi aussi un homme, pour comprendre la nature de cet attachement des amants, qui précède l'amour parental. Dans le cas de mes parents, leur histoire avait été à la fois dramatique et si romanesque que lorsque j'en connus les détails, je mesurai l'étendue du hasard et des caprices de la providence.

Ma mère, dès notre retour à Marseille, se retrouva face à une situation totalement imprévue. Elle venait d'avoir quarante-six ans et son anniversaire, le 27 février, était passé inaperçu entre le jour de la mort et celui des obsèques de son mari. Sauf pour elle ! Ce jour heureux restera, jusqu'à la fin de sa vie, associé à cet anniversaire malheureux de 1962. Sa situation et celle de notre famille n'étaient pas brillantes. Mon père avait toujours assuré les revenus du ménage, tandis que ma mère avait en charge la bonne tenue de sa maison et l'éducation des enfants, à l'image de la grande majorité des femmes dans ces années d'après-guerre. Ma mère n'avait jamais travaillé de sa vie, ne connaissait rien aux affaires et, de surcroît, d'origine polonaise, elle parlait le français, mais était incapable de l'écrire sans fautes. Elle était de fait empêchée de reprendre les activités de mon père. Et encore, si elle en avait eu l'envie, comment aurait-elle pu poursuivre cette activité où les voyages, l'expérience et le carnet d'adresses sont la base de tout.

Elle se résolut donc, tout d'abord, à solder la partie algérienne de la société. Sur les conseils des employés et des associés de mon père, elle négocia les cargaisons qu'il venait d'acheter, vendit les camions, licencia le personnel et ferma le bureau de la rue Michelet, à Alger. Elle effectua toutes ces opérations par téléphone et par courrier, refusant de remettre les pieds en Algérie. Elle fut une proie facile pour tous ceux, employés, concurrents et associés qui se partagèrent les dépouilles de feu la Société algérienne de Commerce extérieur. En tout cas, ma mère ne reçut pas un sou de la liquidation de cette société prospère. Abusant de sa naïveté dans les affaires, on la balada, on lui extorqua des signatures sous de faux prétextes et elle se fit proprement rançonner.

Je suivais les péripéties sans pouvoir rien y faire, je me contentais de taper les courriers qu'elle me demandait d'écrire et les nombreuses lettres qu'elle destinait à l'administration. J'avais, pour ce faire, une vieille machine à écrire Remington – ce monument de la littérature américaine d'Hemingway à James Hadley Chase – dont les fins marteaux, alignés en mâchoire de requin, avaient tendance à s'emmêler lorsqu'on enfonçait deux touches à la fois. Elle avait l'avantage d'être indestructible – je l'ai toujours –, elle a résisté à mes sautes d'humeur, lorsque, exaspéré par une lettre à recommencer, je frappais d'un coup de poing rageur sur le clavier soudant les touches en un groupe compact. Malgré tout, les dégâts facilement réparés, elle se remettait à crépiter comme un téléscripteur, faisant tinter d'un *cling* joyeux la sonnette annonçant le bout de ligne. Cette machine, noire et trapue, restera le symbole de ces mois et même de ces années grises, d'après la mort de papa. À l'image de ma mère, dont le mécanisme délicat, fragile et précis était protégé par une carcasse solide et une volonté farouche, elle fut l'instrument de notre survie. Ma mère, du jour au lendemain, se retrouvait veuve avec trois enfants et sans le sou. Nous n'étions pas néanmoins à la rue. Mon père, échaudé par une précédente expérience – sa première société avait été liquidée pour des problèmes fiscaux –, avait mis notre maison et ses bureaux de Marseille au nom de ma mère. La maison était vaste, mais modeste, située dans le quartier du Lapin Blanc[1] à Bonneveine, construite sur le haut d'un terrain en pente et à laquelle on accédait par une volée de marches. Ma mère détestait ces marches, qu'elle avait dû souvent gravir avec les courses et un bambin dans les bras. Le jardin s'étageait en terrasses et mon père lui avait longtemps promis d'en améliorer l'accès. Malgré ces imperfections, la maison boulevard du Collet avait le mérite d'exister et d'offrir un toit

1. Ce Lapin Blanc n'a rien à voir avec *Alice au pays des merveilles.* C'était le nom d'une très ancienne auberge, située dans la rue qui porte aujourd'hui ce nom.

solide et en toute propriété à notre petite famille traumatisée.

La véritable affaire de mon père est d'avoir acquis – au moment des années fastes – de luxueux bureaux dans un bel immeuble de la rue Breteuil. Marbre au sol, meubles en acajou, mon père avait voulu une vitrine de luxe pour sa société d'import-export de fruits et légumes. Lorsqu'il fit faillite, il lui resta les bureaux – avec ligne téléphonique – qu'il louait dans les périodes de vaches maigres. Lorsqu'il avait fondé sa dernière société, il avait récupéré une partie de ses bureaux et ma mère décida de les relouer entièrement de façon à nous apporter un revenu régulier. Ce n'était certes pas suffisant, et notre niveau de vie se ressentit durement de ce changement de situation. La première manifestation de ce nouvel état fut la vente de la Delahaye. Ce fut pour moi un crève-cœur. Cette voiture, c'était la gloire de mon père. Même si elle ne le montrait pas, ma mère aussi souffrit de se séparer de ce splendide cabriolet carrossé de gris, aux sièges en cuir fauve, au capot interminable et dont la malle cachait un grand panier à pique-nique en osier, fait sur mesure. C'était la voiture des années de jeunesse, qu'il avait acquise dans une période d'opulence, la seule manifestation d'un peu de vanité chez un homme d'ordinaire simple et détestant l'ostentation. Cette voiture était surtout le témoin de son insouciance d'alors, du bonheur d'avoir fondé une famille et de l'emmener pour de longues balades dans le ronronnement inimitable du moteur, le glissement du vent sur les amples ailes et l'odeur de la garrigue, si intense lorsque la capote était dépliée. Ces sensations je les avais partagées, ma mère et mes sœurs aussi ; quant à lui, il avait éprouvé en outre le plaisir euphorique de tenir dans ses mains et sous son pied la puissance et l'orgueil d'une des plus précieuses automobiles au monde.

5.

La chaise de mon père

Sans que j'y sois pour quelque chose, mon statut avait changé. À la maison enfin où, seul garçon, j'avais droit à un traitement spécial de la part de ma mère, de ma tante et de mes sœurs qui, loin de me rassurer, m'isolait un peu plus dans ce rôle d'homme de la famille que j'étais bien incapable d'assumer. La preuve la plus tangible de ce nouveau statut fut l'ordonnancement autour de la table familiale : la chaise traditionnellement réservée à mon père – et qui restait libre lorsqu'il était absent – me fut désormais dévolue. Aujourd'hui, cette chaise est celle de mon bureau, elle ne m'est plus dévolue, c'est la mienne. Je me la suis appropriée toutes ces années, elle est ma place, et je peux désormais l'assumer.

Pour mon quinzième anniversaire, je reçus une lettre de mon parrain qui me jeta dans une confusion existentielle d'où – je m'en rendis compte plus tard – les désordres hormonaux de l'adolescence n'étaient pas absents. Les propos, pourtant, n'avaient rien de révolutionnaires.

Mon cher Jean-Pierre,

C'est en sachant que ton père serait fier de toi que je te souhaite un bon anniversaire. Te voilà maintenant un homme, avec tous les devoirs que cela comporte vis-à-vis de ta mère et de tes sœurs, puisque tu es devenu maintenant un chef de famille.

Je compte sur toi pour te montrer digne du grand espoir que ton père a mis en toi. Sois très gentil avec ta mère, que le sort n'a pas épargnée. N'oublie jamais ça. Je t'embrasse.

Ton parrain

Cette lettre me troubla au plus haut point. Je n'avais pas le sentiment que mon père ait caressé des espoirs me concernant, ni qu'il ait été précisément fier de moi. Bien au contraire : ma conduite, mon manque d'assiduité, mes résultats scolaires déplorables avaient le don de le mettre particulièrement en colère et il m'avait fait part fermement, et à plusieurs reprises, de la déception qu'il éprouvait à cet égard. Lui qui n'avait pas pu faire d'études dans sa jeunesse en avait souffert par la suite, et s'était appliqué à se cultiver tout au long de sa vie. Son plus cher désir, comme celui de ma mère, était donc que leurs enfants bénéficient de l'éducation scolaire et universitaire dont ils avaient été privés. Ma sœur Anne travaillait très bien à l'école et ma sœur Françoise suivait le même chemin[1], seul leur fils aîné s'obstinait à rester un cancre.

Je m'étais installé en classe dans le rôle du comique de service qui fait marrer toute la classe aux dépens et au désespoir de l'ennemi commun, le professeur. Mes carnets de notes et les appréciations peu flatteuses de mes maîtres, écrites à l'encre violette en rondes appliquées ou griffonnées d'un coup de stylo-bille rageur, sont toujours là, serrés dans un classeur dédié, pour me rappeler avec quelle déception, trimestre après trimestre, leurs efforts pour m'inculquer un peu de savoir étaient déçus par la dissipation de mes manières et mon refus d'aborder sérieusement des études, ce qui ne laissait présager, notaient-ils avec regret, qu'un avenir médiocre ou pire encore… Je garde avec soin ces

1. Ma sœur Anne a fait des études poussées de sciences économiques, et ma sœur Françoise est devenue médecin gynécologue.

vestiges d'une période peu glorieuse de mon existence, relisant quelquefois ces commentaires dont la plupart, tout en fustigeant mon manque d'assiduité et de sérieux, cherchaient à extraire les rares pépites qui auraient pu être la promesse d'un changement dans mon attitude. « A fait des efforts pour éviter de distraire ses camarades » ; « Bavarde moins en classe » ; « Jean-Pierre a montré, en fin d'année qu'il pouvait mieux faire. » Et puis il y avait de temps à autre ce fameux « Continuez ! » qui est le *va-tout* des profs face à une défaite annoncée. Mon père n'était pas un homme violent, et ce n'est qu'en désespoir de cause qu'il avait acheté un martinet pour tenter de me ramener dans le droit chemin. Inutile de préciser que, si la peur du châtiment corporel peut – rarement – prévenir quelques grosses bêtises, elle n'a jamais contraint personne à travailler mieux à l'école !

Au lycée, la mort tragique de mon père me valait une étrange notoriété et un singulier respect auprès de mes camarades ; impressionnés par ces circonstances brutales et spectaculaires, ils me pressaient de questions pour que je donne des détails, qu'ils recevaient les yeux écarquillés. Les professeurs aussi qui – pendant un temps, du moins – me traitèrent avec une sympathie et une bienveillance dont on entoure les grands blessés. Qu'on ne s'y trompe pas, si je revendiquais, par gloriole, mon état de cancre, j'en souffrais profondément. J'éprouvais une aversion pour la contrainte qu'exigent les études. J'avais un comportement inexplicable qui me valait d'être considéré par les professeurs comme un fauteur de troubles, et donc un pestiféré. L'un entraînant l'autre, je ne me contentais pas d'être le cancre endormi près du radiateur au fond de la pièce. Non, j'étais de l'espèce la plus détestable, qui participe activement à la classe en dansant sur les tables, en répondant insolemment à mes maîtres et en me livrant à toutes sortes de facéties, dont le but ultime était de perturber sciemment les cours. Cet état avait atteint son paroxysme au lycée de Marseilleveyre, lorsqu'on s'avisa tout de même qu'un tel comportement n'était pas totalement naturel. Certains émettant même l'hypothèse qu'il relevait de la psychiatrie. Ils n'avaient pas totalement tort.

J'étais dans mon enfance et mon adolescence particulièrement enveloppé, à cause d'une alimentation trop riche que me dispensait ma mère avec générosité. Compensation classique d'une femme ayant souffert de privations pendant la guerre. Mon cas se doublait – si je puis dire – d'une gourmandise qui me faisait grignoter à toute heure du jour et de la nuit et d'une constitution prédisposée à l'embonpoint. Bref, j'étais une boule. Le médecin de famille me prescrivit, contre cette obésité, un coupe-faim qui se présentait sous la forme de grosses pastilles orange, c'était du Cafilon®[1]. Dans les années 60, la soumission à la toute-puissance des médicaments était telle qu'on prescrivait à tour de bras. En corrigeant les dégâts secondaires par d'autres médicaments, etc. Encore qu'un scandale récent démontre qu'en cinquante ans, on n'a pas beaucoup appris. Le Cafilon® était un anorexigène dérivé d'amphétamines très efficace pour couper la faim, mais qui pouvait provoquer des troubles du comportement lorsqu'il était absorbé régulièrement. Ce qui était mon cas.

À treize ans, j'étais drogué aux amphets, aussi sûrement que si j'avais reniflé de la cocaïne ! Les effets secondaires n'étaient pas que comportementaux, j'avais aussi des crises d'angoisse la nuit, des insomnies et des cauchemars, contre lesquels le médecin de famille… prescrivit du Gardenal. Donc pour résumer, le matin, j'avais du mal à me

1. Interdit de vente en France aujourd'hui, comme beaucoup de coupe-faim aux sinistres effets.

réveiller après une nuit passée sous Gardenal et des difficultés à me lever. Heureusement, grâce au Cafilon®, je me retrouvais, quelques heures plus tard, prêt à défier la terre entière, expliquant avec véhémence à mes professeurs comment faire leurs cours, et faisant le pitre devant mes camarades, cherchant toujours à leur démontrer que rien ne me faisait peur !

Ce comportement caractériel ne correspondait absolument pas à ma véritable personnalité. J'étais au fond de moi un enfant timide et introverti et j'assistais, terrifié, au spectacle de mes propres extravagances. La position de cancre n'est pas une sinécure. Elle exige une attention continue pour se maintenir au niveau, légèrement supérieur à celui d'irrécupérable, qui est le degré ultime avant le renvoi et son cortège d'humiliations. Cette dégradation devant le front des troupes ricanant de cet abaissement, je l'avais vécu une fois comme une mortification. Ce n'était pas drôle. Je m'étais laissé piéger à mon propre jeu et j'avais fait un bide. Je m'étais forgé une réputation solide et, bientôt, je fus rendu responsable de tous les maux du lycée. Il suffisait que je sois à proximité pour que je fusse l'émissaire tout désigné par le censeur. J'avoue que, quelquefois, il tombait juste. Mais pas toujours, et j'accumulais les punitions et les heures de colle avec une telle conviction d'injustice que ces châtiments n'avaient plus aucun effet sur moi.

L'illustration de cette situation fut un pénible épisode qui fit de moi la victime de mon exécrable réputation. Plusieurs filles s'étaient plaintes d'être importunées à la sortie du lycée, sans pour autant désigner le coupable. Aussitôt les soupçons du censeur se focalisèrent sur moi et, sans même qu'il se livre à une enquête, il me dénonça à la police. Deux agents vinrent m'interpeller à la sortie de l'établissement, au vu et au su de mes camarades, et m'embarquèrent au commissariat de la Pointe Rouge. L'affaire était grave et ils m'interrogèrent précisément sur mon emploi du temps et mes heures de sortie du lycée. Je me défendis d'autant plus farouchement que je n'étais pour rien dans ces histoires. J'étais encore – à l'époque – terrifié par les filles, et gardais une prudente distance vis-à-vis d'elles. Mes relations se limitaient à quelques crêpages de chignons avec ma sœur Anne, une ou deux expéditions punitives sur ses poupées, et des portes claquées. Alors importuner des grandes filles à la sortie de l'école ! Les policiers s'aperçurent rapidement qu'il ne s'agissait pas de moi mais, comble de la honte, ils avaient convoqué ma mère, et je ne ressortis du commissariat que le soir, exténué et meurtri, accompagné d'un « Et maintenant tu te tiens à carreau, hein ! » que je ressentis comme un coup de pied au cul.

Cette mésaventure a rompu définitivement mes affinités avec le lycée Marseilleveyre. Je ne m'étais d'ailleurs jamais vraiment plu dans cet établissement pilote, qui passait pour être à l'avant-garde des méthodes d'enseignement. Les lieux étaient pourtant magiques. Surplombant la mer, les bâtiments étaient disséminés dans une pinède à flanc de colline où les professeurs enseignaient avec de nouvelles méthodes pédagogiques, dans une atmosphère libérale. Ce cadre convenait à des élèves inscrits dans une démarche scolaire, ce qui n'était pas mon cas, j'avais abandonné depuis trop longtemps le cursus pour pouvoir m'y réintégrer de ma seule volonté. Le voulais-je seulement ? Je m'étais fait une place dans l'institution dans laquelle j'excellais – celle du meilleur cancre – et j'avais acquis une réputation flatteuse auprès de mes camarades, celle de pitre patenté. J'avais édifié une armure à mon immaturité.

Ce n'est pas au sein de l'Éducation nationale que je parvins à fendre l'armure, mais grâce au scoutisme. D'emblée cette institution me plut, par cette recette éprouvée depuis sa création par Baden

Powell : fractionner l'énergie explosive de l'adolescence en une multitude d'activités et de contraintes ludiques et sportives ; canaliser les aspirations de liberté avec un encadrement simili-militaire ; renforcer l'appartenance à un groupe grâce à un uniforme, des rites et des épreuves codifiées. Les Scouts de France ficelaient le tout avec un enseignement catholique efficace : messe en plein air, curés de choc et chants religieux à la guitare autour d'un feu de bois. Je trouvais réponse à mes aspirations profondes. J'étais jusque-là un enfant solitaire, un fils unique que la naissance de ma deuxième sœur avait encore plus isolé. Mon jeu préféré était une imitation élaborée des activités professionnelles de mon père. Je l'accompagnais souvent à son bureau et j'avais noté tous ses comportements et ses conversations au téléphone. J'avais conçu, dans mon Belvédère au fond du jardin, mon bureau, avec un vieux combiné téléphonique, ma fidèle voiture à pédales garée devant la porte, et du papier à en-tête dérobé à l'office paternel. Je pouvais inventer des scénarios et jouer pendant des heures au négociant en fruits et légumes, j'appelais la terre entière, commandais des wagons et même des bateaux de marchandise, sautais dans ma voiture pour aller vérifier une cargaison, pestais contre la lenteur des dockers à décharger ma marchandise.

– Ce sont des matières périssables ! Allez me chercher le responsable, c'est intolérable !

Puis je revenais au bureau et n'hésitais pas à houspiller mon personnel imaginaire. Je reprenais le téléphone.

– Donnez-moi Abidjan, mademoiselle. Rapidement, je suis pressé !

Puis je m'accordais un petit moment de tranquillité et, reproduisant fidèlement les attitudes de mon père, je vérifiais le pli impeccable d'un pantalon imaginaire, ajustais mon nœud de cravate et, croisant les jambes, j'allumais une cigarette dont je recrachais la fumée invisible, tandis que je faisais tourner des glaçons dans mon verre de whisky. J'aurais pu jouer dans un épisode des *Petites Canailles*[1], que je découvris plus tard à la télé, avec cette différence que j'étais seul et ne faisais partie d'aucun gang.

Le scoutisme changea tout cela. Je me lançais avec bonheur dans cette aventure qui me permettait, tout d'abord, d'échapper à la maison et à la garde de ma mère. Maman avait d'autant plus ten-

1. *Our Gang. The Little Rascals.* Séries comiques américaines des années 50, mettant en scène des enfants singeant les adultes.

dance à me surprotéger que les absences de mon père pour ses affaires s'allongeaient et se répétaient. Cette tutelle me pesait et je me rebellai à plusieurs reprises, prononçant, dans ces moments, des paroles que mon père, à son retour, se chargeait de me faire regretter ! J'avais besoin d'un exutoire, les scouts étaient parfaits pour ça. Mes débordements cachaient une nature exaltée et le désir d'une reconnaissance qui m'était refusée dans le domaine scolaire. Je voulais me prouver ma valeur et le scoutisme était le cadre idéal pour l'exprimer. Alors que je rejetais toute discipline à l'école, je me mis à chérir celle que je m'imposais chez les scouts, où le principe de la hiérarchie est une invite à se hisser à l'échelon supérieur. J'assimilais avec une aisance étonnante les règles qui régissaient cette communauté de garçons, virile mais tempérée par une éthique dont les mécanismes m'apparaissaient clairement.

Je n'eus pas besoin que l'on m'enseigne longuement les secrets des divers ornements que les « anciens » portaient sur leur chemisette, flots, badges, galons... ; ni à faire le salut scout avec la main droite et à serrer la main gauche en disant haut et fort, les yeux dans ceux de son interlocuteur : « Scout, toujours prêt ! » ; ni les mystères de la course d'orientation avec la boussole et sa maudite déclinaison magnétique ; ni la technique du *froissartage,* cette spécialité du scoutisme qui consiste à faire des meubles et des ouvrages d'art en coupant et en perçant des rondins[1]. Je sus bientôt faire cuire un poulet avec ses plumes dans la glaise[2] ; faire du feu en frottant entre mes mains un morceau de bois pointu ; nettoyer avec du sable la « bonamo », cette gamelle bonne à tout faire et apprendre qu'une « vache », c'est une outre pour l'eau potable. J'appris à faire les nœuds plats, de chaise, en jambe de chien… et l'inquiétant nœud du pendu. J'appris, avec une constance qui m'étonnait moi-même, trouvant une utilité immédiate à toutes ces techniques dont la maîtrise était récompensée d'un badge. Mais ce que je visais dès le début, c'est le titre prestigieux de chef de patrouille et ses trois galons blancs cousus sur la poche poitrine.

Le jeudi devint rapidement le jour le plus important de la semaine, et c'est avec une véritable joie que je revêtais mon uniforme et coiffais mon béret pour rejoindre mes camarades dans le vieux wagon

---

1. À mon époque, nous pouvions couper des arbres sans réglementation pour édifier nos camps. Je doute que ce soit la même chose aujourd'hui !

2. Je n'en ai jamais mangé de meilleur ! Je vous assure !

de chemin de fer désaffecté qui nous servait de base. Et puis, il y avait les week-ends où nous partions en expédition, avec nos sacs à dos, pour de longues courses dans les collines et des nuits superbes, emmitouflés dans nos duvets, la truffe un peu mouillée par le frais, les yeux écarquillés à compter les étoiles, nous nous endormions d'un coup sous la voûte céleste. J'obtins mes trois galons juste avant les vacances de Pâques 1961 et constituai ma propre patrouille. Je la baptisai *Les Hirondelles* et pris comme devise, *À tire-d'aile.* Pourquoi l'ai-je ainsi baptisée d'un nom, certes poétique, mais moins prestigieux que celui des autres patrouilles, plus portées sur *Les Loups, fiers de leur meute ! Les Lionceaux, roi de la Savane,* ou autres *Tigres, prêts à bondir.* Ce totem exprimait parfaitement mon état d'esprit, les scouts m'avaient permis de m'envoler à tire-d'aile. Et quel vol exprime mieux le sentiment de liberté que celui de l'hirondelle, capable de monter en flèche dans le ciel, comme de faire du rase-mottes en se jouant des obstacles.

L'accomplissement de cette heureuse période fut de commander ma patrouille pendant le camp de vacances de Pâques dans les Basses-Alpes[1]. Et,

1. Aujourd'hui devenues les Alpes de Haute-Provence.

comble de fierté, mon père, accompagné de son associé d'Alger, vint me rendre visite au camp. Nous étions en pleine messe de Pâques, lorsque je vis son ID 19 s'arrêter sur la route en surplomb. Mon père, élégant en pantalon de flanelle et chemise blanche dont il avait retourné les manches, dévala la pente jusqu'au camp que nous avions édifié, à mi-pente au-dessus d'un torrent. Ce camp avait été conçu dans les règles de l'art par notre troupe de scouts avec son PH[1] au centre, une construction faite de cordes et de perches comme le gréement d'un navire. Après la messe, je me précipitai vers lui, fier et heureux qu'il me rende visite. Je lançai notre cri de ralliement, un sonore : « *Hirondelle ! À tire-d'aile !* » Ce à quoi mes scouts répondirent d'un seul chœur et vinrent s'aligner devant moi au garde-à-vous. Je présentai à mon père avec solennité chacun des membres de ma patrouille, ajoutant un petit commentaire pour chacun, puis ordonnai que tout le monde reprenne ses activités. Du coin de l'œil, j'évaluais l'effet que ces manifestations de compétence et d'autorité pouvaient avoir sur mon père. Je constatai avec plaisir qu'il semblait apprécier l'image que lui renvoyait

1. *Paraboloïde hyperbolique.* Les anciens scouts comprendront !

son fils. Son sourire de satisfaction me gonfla le cœur d'orgueil, et j'entrepris de lui faire faire le tour du camp, en lui commentant amplement chaque installation. Je ne lui épargnai aucun détail, y compris la visite des feuillées, dont j'étais particulièrement fier, puisqu'elles étaient sous la responsabilité des Hirondelles, qui les avaient creusées et en assuraient l'entretien. Mon père avait pu constater le bien fou que m'avait fait le scoutisme : physiquement, je m'étais délié, endurci et, délivré du cocon maternel, j'étais en train de m'épanouir ; psychologiquement, je m'étais découvert un talent, moi qui pensais si cruellement en être dépourvu. Le scoutisme occupait toutes mes pensées et rassemblait tous mes efforts. J'avais même abandonné mes jeux solitaires, préférant me plonger dans la lecture de livres comme *Croc-Blanc,* où la confrontation de l'homme et de la nature enflammait mon imagination. Et lorsque je m'enfermais encore dans mon Belvédère, c'était pour écouter la radio, tard le soir, à l'aide d'un ingénieux système de mon invention. Deux vieux talkies-walkies, dont l'un était dissimulé à côté de la radio paternelle, me permettaient de suivre les émissions de la nuit, après que l'on m'eut envoyé me coucher.

Tout à ces nouvelles passions, je me désintéressais complètement du lycée qui, lui, continuait à s'intéresser à moi. La visite de mon professeur d'anglais, un certain M. Ripert, qui prit la peine de venir voir mes parents à la maison, sonna le glas de cette époque bénie. L'anglais était la seule matière dans laquelle, inexplicablement, j'excellais. Était-ce par contraste avec le reste de la classe, qui était particulièrement nulle, comme la plupart des petits Français d'alors ? Moi, stimulé par mon séjour outre-Manche, je parlais anglais avec plaisir, j'avais le badge envié de traducteur sur la manche de ma chemise scoute, j'étais premier de ma classe à l'oral et j'impressionnais même ma famille. Malheureusement, M. Ripert était aussi professeur principal et s'il n'avait que peu de griefs envers moi, et même une certaine sympathie, ses collègues s'étouffaient de colère à mon encontre. La plupart avaient renoncé et préféraient me mettre à la porte de la classe plutôt que de supporter mes interruptions insolentes. C'est en substance ce qu'expliqua M. Ripert, petit homme rondouillard, affable et sincèrement navré, à mon père, enveloppé dans une élégante et glaciale dignité. Après le départ du professeur, mon père resta assis dans son fauteuil, les jambes croisées, fumant une cigarette tirée de son étui, ce que je considérais comme le comble de l'élégance. Je me laissai prendre à son absence de réaction. Moi qui craignais un déchaînement de reproches, je laissai échapper un soupir, me félicitant de l'avoir, une fois de plus, échappé belle. Puis je montai dans ma chambre pour me préparer et redescendis en tenue de scout, mes gros godillots aux pieds.

– Jean-Pierre, viens ici !

– Il faut que j'y aille, papa, je vais être en retard.

– Tu n'iras nulle part ! Tu peux remonter dans ta chambre. Plus de sorties scoutes tant que tes résultats ne s'amélioreront pas !

Je connaissais trop mon père pour tenter de fléchir une de ses décisions. J'émis un faible :

– Mais, papa...

– Ne discute pas. Le jeudi, dorénavant, tu suivras des cours particuliers de rattrapage !

Je remontai dans ma chambre, totalement désespéré, et me jetai sur mon lit, pleurant de rage et de déception. J'étais ulcéré par ce que je considérais comme la pire des injustices et, venant de mon père, comme une honteuse trahison. Lui qui m'avait poussé à entrer chez les scouts et qui m'en retirait, alors que j'avais enfin trouvé mon bonheur et un but dans l'existence ! Je vouai aux gémonies le lycée, son censeur, M. Ripert, tous ces profs que je détestais et mon propre père qui n'avait rien compris !

Un dernier reste de dignité me retint de tout détruire dans ma chambre, comme m'y incitait ma première intention. Aussi, je me contentai de frapper mon oreiller en sanglotant et je m'endormis, le visage baigné de larmes et les nerfs à vif. Je voulais qu'ils meurent ! Tous !

6.

Objet non identifié

J'ai passé ma vie à rassembler des petits riens pour figer le souvenir de mon père. Une chasse au trésor incessante. Et pourtant, le seul objet que je n'ai jamais pu retrouver fut le rapport de police concernant l'assassinat de mon père. Des années durant, je l'ai cherché, pisté, en vain ! Je savais que là était la clé de ma délivrance. Cinquante ans ont passé et je sais aujourd'hui que mon deuil ne pourra jamais se faire. Et pour cause...

Ce rapport de police parvint à la maison quelques semaines après ses funérailles. Maman y jeta un coup d'œil rapide et, à ma demande, accepta de me le montrer. Je crois qu'elle entendait ainsi s'en libérer, sachant pertinemment que, quoi qu'il contienne, cela ne ferait jamais revenir son époux. En permettant que je le consulte, elle fit preuve de beaucoup de perspicacité. Le meurtrier n'ayant été ni arrêté, ni même identifié, elle pouvait s'imaginer les questions qu'un adolescent peut se poser après l'assassinat de son père ! Elle n'avait aucune réponse, mais, en me laissant prendre connaissance de ces documents officiels, elle prouvait qu'elle ne me cachait rien. Désormais, ce choix était conforme à son attitude : me traiter en adulte, même s'il était clair que j'étais encore loin de l'être. Ce sont les femmes qui font les hommes, et ma mère avait bien l'intention d'accomplir sa mission.

Je me jetai sur ce rapport d'enquête, dévorant fébrilement toutes les pièces, avec le sentiment que je parviendrais à atteindre une vérité dont je ne réalisais pas la teneur, mais dont j'espérais passionnément qu'elle allait jaillir de ces quelques procès-verbaux. J'allais comprendre assez vite qu'ils avaient été rédigés par des enquêteurs peu motivés, voire indifférents. Le cœur battant, je lus d'abord la description donnée par les policiers de la scène du crime, butant sur ce curieux langage administratif qui décrit le pire malheur sans la moindre compassion. J'appris ainsi que *le corps de la victime* avait été retrouvé dans la rue *étendu face contre terre.* Les *orifices d'entrée des projectiles* laissaient penser que ceux-ci avaient été tirés *d'une certaine distance,* et que *la victime* avait été *abattue dans le dos.* Suivait un certain nombre d'informations sur la manière dont *la victime* était habillée et sur le fait qu'elle ne portait pas d'arme. Curieusement, cette distanciation me permettait de poursuivre cette lecture sans m'effondrer en larmes. Le reste du dossier était une suite de vérifications, d'où il résultait que *la victime* n'était pas fichée par la police pour des activités délictueuses ou criminelles, ni connue pour son appartenance à une organisation politique ou militaire clandestine. Sur *l'enquête de moralité*, il était avéré que *la victime* dirigeait sa propre société d'import-export – ayant *pignon sur rue* et *favorablement connue* de ses voisins –, qu'elle effectuait de fréquents allers-retours en Métropole où résidaient sa femme et ses trois enfants. M. Foucault se rendait souvent à l'étranger, selon ses collaborateurs, *pour ses affaires* – ainsi que l'attestait son passeport – mais rien dans ses activités ne laissait supposer que *la victime* ait pu avoir des rapports avec des activistes[1].

Les policiers constataient ne pas avoir trouvé de témoins ayant assisté directement à la scène, soit

1. En clair, mon père ne faisait pas partie de l'OAS. D'ailleurs, si cela avait été le cas, il est probable que les policiers, dont beaucoup avaient de la sympathie – sinon plus – pour cette organisation, auraient montré plus de ténacité à identifier le coupable !

qu'il n'y en eût pas, soit que, par peur, ils ne se soient pas fait connaître. Ce n'est, qu'*alertés par les coups de feu*, que des témoins *faisaient état d'une voiture roulant à vive allure rue Michelet,* et dont on avait relevé le numéro d'immatriculation. Les policiers étaient remontés jusqu'au propriétaire du véhicule, poursuivait le rapport, et s'étaient présentés à son domicile. L'homme étant absent, ils s'étaient contentés de lui laisser une convocation sans l'interroger ni le rechercher ! Avec cette information, je tenais un coupable possible. Je ne pouvais admettre que la police n'ait pas cherché à en savoir davantage sur ce mystérieux automobiliste. Je relisais le rapport jusqu'à la nausée, et me fixais sur cet inconnu qui, j'en étais sûr, était l'auteur des coups de feu. Combien de scénarios ais-je ainsi élaborés, où je rejouais dans mon esprit la scène, expérimentant plusieurs variantes, à pied, en voiture, seul, avec un complice… Mais le meurtrier n'avait pas de visage, ni de mobile et, à l'issue de ces longues et éprouvantes spéculations, je reprenais difficilement pieds dans le réel, physiquement et mentalement éprouvé. Ma seule issue était de retrouver le meurtrier de mon père et de le supprimer ! Cette lettre allait m'y aider.

L'idée de la vengeance peut être un puissant remède. Elle me permit d'explorer d'autres possibilités offertes à mon imagination, et donc de m'éloigner de ce questionnement obsessionnel : qui et pourquoi ? J'envisageai d'abord une enquête sur place et une vengeance immédiate, et sollicitai l'un de mes copains de lycée, dont la réputation de baroudeur nous impressionnait tous, pour m'accompagner et m'assister dans cette expédition punitive. Hélas, placé devant les faits, le copain battit en retraite, arguant que nous étions encore trop jeunes pour une telle entreprise ! Ce dont je dus convenir, tout en faisant le serment de venger mon père dès que j'aurais atteint l'âge adulte. Cette profession de foi me permit de me détacher petit à petit de cette scène bien réelle mais que, faute d'informations, je fantasmais : le meurtre de mon père.

Ma mère, elle, s'était engagée dans une autre sorte de croisade – tout aussi irréaliste – mais qu'elle avait entamée avec une foi indomptable : faire reconnaître par l'État français son statut de veuve de guerre, et octroyer à ses enfants celui de pupilles de la Nation. Elle avait en face d'elle un redoutable adversaire : l'Administration française. Maman n'avait pas le choix, elle ne pouvait survivre, avec ses trois enfants, qu'en bénéficiant d'une pension de l'État et des aides accordées aux pupilles de la Nation. Mais voilà, le gouvernement français refusait de reconnaître qu'une véritable guerre se déroulait en Algérie[1], qualifiée hypocritement *d'événements*, baptisant un conflit armé de *troubles à l'ordre public*. Cette distinction sémantique n'était pas simplement politique, elle avait des conséquences juridiques concrètes. Sans guerre, pas de veuves de guerre, ni de victimes civiles de guerre, ni d'ailleurs de prisonniers de guerre ou de crimes de guerre… À cela s'ajoutait que mon père n'était ni militaire, ni colon, ni pied-noir, mais un simple commerçant. Son assassinat se réduisait à une péripétie statistique, au mieux à une aberration administrative : « Votre cas n'est pas prévu par les textes », répondait-on invariablement à ma mère qui, inlassablement, hantait les couloirs de la mairie, de la préfecture, des services sociaux… En vain, son dossier sous le bras, elle plaidait pour une reconnaissance de sa famille orpheline.

Le retour massif des rapatriés, peu de temps après, changea les choses. Cet afflux de « personnes déplacées », dont le cas, lui aussi, *n'était pas prévu par les textes* obligea le gouvernement à promulguer, dans l'urgence, des lois, décrets où – sans reconnaître le mot de guerre – on en traitait les effets et

1. Ce n'est qu'en 1999 que le parlement reconnaîtra officiellement la *guerre* d'Algérie.

conséquences. Au fil des mois, ma mère, qui se tenait parfaitement informée de l'état de la législation, étoffait son dossier et affermissait son discours. Sa personnalité se transforma, elle était passée du statut d'épouse – passive et en retrait dans l'ombre de son mari – à celui de femme seule, opiniâtre et persuadée de son bon droit, défendant sa famille. Tout à ma peine et à ma colère, poursuivant des chimères, je ne réalisais pas, sur le coup, que ma mère assumait à elle seule tous les devoirs de chef de famille. Les contraintes et les tourments qu'elle supportait ne lui laissaient en effet que peu de temps pour les démonstrations sentimentales, qu'elle réservait à ma petite sœur Françoise. Avec ma sœur Anne, ma cadette, elle développait une relation et une proximité plus féminines se faisant, souvent, la confidente de ses soucis.

À mon égard, elle affectait une certaine froideur et le refus de toute sentimentalité. Et comme, pour ma part, j'étais peu démonstratif, nous évitions l'un et l'autre de partager ouvertement nos peines et nos angoisses. Je pense aussi qu'elle était inquiète pour mon avenir. Mes difficultés scolaires n'étaient dues ni à un retard ni à une incapacité intellectuelle, mais à des problèmes comportementaux, que la disparition de mon père n'avait fait que rendre plus aigus.

Ma mère redoutait d'avoir à gérer, en plus des contingences matérielles, les problèmes existentiels de son aîné. Je crois qu'elle m'en voulait un peu d'être incapable de la soulager – du moins en partie – de son fardeau et de ne pas faire face à la situation en adulte. Ma contribution se bornant à rédiger et à taper les lettres qu'elle me dictait à destination des nombreuses administrations qu'elle sollicitait. Je ne mesurais pas l'importance des efforts que maman fournissait pour assurer notre pitance, et j'effectuais ces « corvées », dont je percevais mal l'utilité, avec quelque humeur ! Elle m'en voulait de cette immaturité, dont elle se satisfaisait auparavant, mais qui aujourd'hui l'irritait. Il était urgent, de son point de vue, que j'abandonne mes habitudes de « petit garçon protégé par sa maman », pour la stature de jeune adulte.

Cette nouvelle attitude vis-à-vis de moi me perturba profondément. J'étais devenu brutalement orphelin de père, et ma mère semblait se détacher de moi. Non pas qu'elle cessât de me chérir, j'en étais convaincu, mais j'interprétais cet éloignement comme un reproche muet, une rupture rampante. J'avais besoin de faire le point, j'étais un tout jeune homme, mon père avait disparu peu de temps auparavant et je me sentais sans but, nauséeux, vaguement honteux. J'étais maintenant trop âgé pour retourner parmi les scouts – période où je m'étais éprouvé pleinement heureux. Je me souvins d'avoir rencontré un moine, lors d'un camp d'été, qui m'avait laissé un fort souvenir. Le père Stanislas venait de l'abbaye d'En-Calcat, près de Dourgne, dans le Tarn. Il nous avait invités, au cours d'une causerie autour d'un feu de bois, à venir là-bas *apprécier le goût du silence.* « Un jour ou l'autre, disait-il, vous aurez envie de silence pour examiner ce que vous avez sur le cœur. Alors rappelez-vous qu'il existe un endroit où vous pourrez librement respirer, prier et faire votre examen de conscience. » Nous avions, mes camarades et moi, accueilli cette proposition avec de petits sourires entendus : s'enfermer dans un monastère, très peu pour nous ! Mais l'invitation du père Stanislas s'était imprimée en moi, et je m'en souvenais à point nommé. J'avais besoin de silence. J'avais aussi besoin de m'éloigner un temps de la maison, ce gynécée où je peinais à trouver ma place, face aux reproches et à la souffrance de ma mère à l'arrivée de chaque bulletin scolaire ; face à mes sœurs que la peine avait rapprochées et qui évoluaient parfaitement à côté de moi, mais sans moi ; face au souvenir de mon père, dont le poids ne s'allégeait pas ; face à moi-même enfin, misérable, englué dans un monde où j'avais l'impression de vivre au ralenti, sans passion, ni avenir.

J'étais comme un poisson rejeté sur la plage et qui respire frénétiquement un oxygène qui lui brûle les branchies. Cette image me renvoyait encore et toujours aux parties de pêche avec mon père, lorsque nous partions tous les deux avec les longues cannes à pêcher le loup. Que, dans le petit matin, je me déshabillais en tremblotant et me jetais dans l'eau, presque chaude par rapport au frais de l'air, nageant vers le large en portant l'hameçon et son leurre pour les déposer loin sur le sable. Mon père, depuis le rivage, me faisait signe de revenir, mais je me faisais un devoir de nager le plus longtemps possible, puis je revenais sur la plage m'envelopper dans la grande serviette pour me réchauffer, tandis que, du coin de l'œil, je guettais la brusque tension de la ligne. Le souvenir de ces parties de pêche me brûlait l'âme. Elles étaient un rituel que nous célébrions, mon père et moi, dans une communion particulière. Il commençait pendant l'hiver par l'étude attentive du catalogue Manufrance de la mythique Manufacture d'Armes et Cycles de Saint-Étienne, dont je guettais l'arrivée dans la boîte aux lettres. Les pages consacrées au matériel de pêche, richement illustrées, et plusieurs planches en couleurs de dizaines de leurres, mouches et autres appâts infaillibles étaient l'objet, entre nous, de discussions d'experts. La consultation de ce catalogue me prenait de longues heures, c'était une encyclopédie de l'ingéniosité humaine. Quel petit garçon n'a pas rêvé devant les pages des *Articles spéciaux convenant pour les Colonies et l'Exportation,* proposant un étonnant *bateau pliable « Le Colonial »* ou l'inquiétant *Piège pour gros fauves, panthère, jaguar, ours, lion..., etc.* et que dire de l'ingénieuse *Machine à faire de la glace* avec sa double manivelle ! Et surtout, le catalogue Manufrance était optimiste, les produits étaient baptisés de noms pleins d'énergie et de virilité : les fusils *Robust, Fulgor, Perfect, Rapid ;* les bicyclettes *Hirondelle ;* le pistolet *Le Français* auquel je m'intéressai un temps pour favoriser mes desseins vengeurs. D'autres catalogues hantaient aussi la maison, réservés aux femmes, celui des Trois Suisses ou de La Redoute. Je les consultais aussi, mais pour des raisons inavouables, à la section des sous-vêtements et autres maillots de bain – bien chastes alors – mais qui évoquaient au plus approchant le mystère caché des corps féminins.

Lorsque j'annonçai à ma mère que je souhaitais accomplir une retraite à l'abbaye d'En-Calcat, auprès des moines bénédictins, elle applaudit des deux mains. Je crois qu'elle aurait accueilli favorablement toute initiative un tant soit peu adulte de ma part, hormis, peut-être, un engagement à la Légion étrangère ! Le problème de la religion à la maison n'en était pas un. Ma mère était d'origine polonaise, et de religion juive, et elle continuait à fréquenter la synagogue une fois l'an pour le Grand Pardon. Elle avait quelques amies juives à Marseille et ces dames se réunissaient de temps en temps pour le plaisir d'être ensemble et de parler yiddish. Cette facette de notre mère nous était étrangère, à son mari comme à ses enfants. Elle n'essaya jamais de nous apprendre cette langue, ni ne nous proposa de l'accompagner à la synagogue.

Nous étions, mes sœurs et moi, formellement juifs, puisque nés d'une mère juive, mais élevés dans la religion catholique, celle de notre père et de sa sœur. Je pense qu'il y avait eu un pacte entre mes parents pour que leurs enfants soient de confession chrétienne. Ma mère, dont la famille avait eu à subir les persécutions nazies – et qui restait discrète voire secrète sur cette période – ne s'était pas opposée à cette convention, qui mettait ses propres enfants à l'abri, dans la crainte qui l'habita toujours du retour des années noires. De surcroît, Tati, qui occupait une place viscérale dans la famille, était très pieuse, ne quittant jamais sa bible, et je pense qu'elle œuvra discrètement pour éviter tout compromis. Nous avons donc tous été baptisés, et placés dans des écoles confessionnelles dès notre plus tendre enfance. Mon père tenait à ce que nous allions au catéchisme et respections les rites élémentaires de la religion catholique : la messe le dimanche et la célébration des fêtes comme Pâques et l'Ascension. En dehors des obligations religieuses, souvent ressenties comme des corvées ennuyeuses, la foi n'illuminait pas outre mesure notre maison. Tati, par un accord tacite, s'abstenait de tentatives d'évangélisation tant que les conventions minima étaient respectées. La religion catholique faisait partie de ma vie sans que je me pose véritablement de question. Maman, avec précaution, nous avait fait comprendre que bien qu'il ne soit pas honteux d'être juif, ce n'était pas la peine d'en faire état à l'extérieur. Si bien que je me suis toujours senti catholique pratiquant et considérais ma judaïté comme une originalité héritée de ma mère, de l'ordre de l'intime. De fait, enfant puis adolescent, lorsque j'étais confronté à des réflexions antisémites, je ne me sentais pas visé personnellement, et j'étais même indigné que ma mère le soit ! Plus tard, en vieillissant, j'aurais pu me rapprocher de la religion juive, mais je n'en ai jamais éprouvé l'envie.

Aujourd'hui, je considère ma judaïté comme un petit plus et, comme de nombreux chrétiens, j'ai le racisme et l'antisémitisme en horreur.

Dès mon arrivée à l'abbaye Saint-Benoît d'En-Calcat, je fus séduit par l'architecture de ce monastère, édifié en pierres blanches du pays. Nichés en pleine nature, les bâtiments carrés et le cloître – ramassés autour de l'église dont le clocher sonne chaque heure du jour – me semblèrent une forteresse dans laquelle je pouvais me réfugier. Le père Stan m'accueillit en silence avec, dans les yeux, cette flamme ironique que j'avais remarquée lors de notre camp scout. Elle paraissait me dire : « Alors, tu es quand même venu ! N'aie pas peur, ici tu es le bienvenu, nul ne te posera de question, tu vas pouvoir lécher tes plaies en silence. » Je posai mon balluchon dans une des petites chambres de l'hôtellerie intérieure, où ne sont reçus que des hommes pour une retraite où ils peuvent partager le quotidien des moines. Ma cellule était minuscule, meublée d'un lit, d'un lavabo et d'une étagère, sa lucarne donnait sur le clocher. Sur les murs chaulés, un simple crucifix où l'on avait glissé un rameau de buis. C'est entre ces murs que je fis l'expérience du silence. Une discipline beaucoup moins aisée que l'on se l'imagine. Se taire, c'est d'abord ravaler ses paroles et s'apercevoir que se dire n'est pas plus important que ne rien dire. Se taire, c'est laisser aussi ses pensées dépasser les paroles, pour une fois ! Se taire, c'est économiser son souffle et oxygéner son cerveau. Se taire enfin, c'est pouvoir s'entendre soi-même et écouter les autres.

En effectuant avec les moines les travaux simples du potager, j'écoutais les oiseaux et j'écoutais mon cœur, qui me disait que j'étais bien derrière ces murs. Que lorsque retentirait la cloche, qui rythmait les heures de toute éternité, ce serait l'heure de prier, puis de manger, puis de prier, puis de travailler, puis de se reposer, puis de prier… Sans fin. Les premiers jours sont, pour le visiteur, motifs d'étonnement. Puis la litanie des tâches quotidiennes, la prérogative de la Règle[1], la contrainte du silence, l'écoulement du temps et la répétition des offices liturgiques provoquent une sorte de transe, qui favorise l'introspection. Coupé du monde, je ne l'étais pas des autres, partageant fraternellement les repas auprès d'inconnus qui me semblaient si familiers. Quand on ne peut communiquer par la parole, on développe d'autres moyens

1. Ensemble des préceptes qui régissent la vie quotidienne des moines bénédictins.

d'échange. Un regard, un hochement de tête, une posture, rarement un sourire… devenaient un langage que j'apprenais avec ferveur. L'amour immodéré que les moines portent à leur Seigneur me permit de faire le point sur la tiédeur de ma foi et sur mon rejet des signes ostentatoires de la religion. Au bout de ces dix jours de retraite, je ne fus pas touché par la grâce, mais je me sentis baigné de confiance. Je quittai les moines sans regret, mais avec reconnaissance, et rentrai chez moi avec plaisir. J'avais fait, en partie, la paix avec moi-même.

7.

Le Nagra

Qui se souvient, aujourd'hui, de ces premiers magnétophones portables qui faisaient la fierté du métier ? Véritable bijou des années 50, le Nagra était tout un symbole, celui de l'appartenance à la grande famille. Une sorte de code de reconnaissance. Certes, je ne suis ni journaliste, ni grand reporter, mais j'ai la fierté d'en posséder un ! Gardé précieusement dans ma caverne aux mille souvenirs… Il est vrai que, dans ce temps-là, on était moins bégueule, moins *corporate* et qu'un petit bleu pouvait encore accéder à ses rêves, même les plus fous !

Pour ne pas désespérer ma mère, je lui avais caché cette passion qui tournait à l'addiction : « faire de la radio ». Je ne le formulais pas autrement, ne sachant pas précisément si je voulais devenir journaliste de radio, animateur de radio… ou quelque profession dont je ne connaissais encore ni le label ni le cursus. Ce que je voulais, c'est parler dans le poste et, au-delà, comme je le pressentais, faire partie de la formidable aventure radiophonique qui s'annonçait. Ce rêve emplissait ma vie. Et depuis que j'avais rencontré Claude, qui nourrissait les mêmes passions, je n'avais plus peur d'être considéré comme un anormal, un déviant des Ondes, un « geek » avant l'heure. J'avais trouvé l'un de mes semblables, je n'étais plus seul. Cette vénération pour la radio, un peu infantile, que j'avais développée secrètement, avait son temple à Paris. La Maison de la Radio, incurvée quai Kennedy comme une modulation de fréquence, était ma Mecque à moi.

Lors de mes séjours à Neuilly, chez ma Tati, mon plaisir était d'aller y faire mes dévotions. Lorsque je contemplais, depuis la Seine, ce paquebot troué de myriades de fenêtres éclairées, surmonté de ses antennes, j'en avais des frémissements de bonheur. Je n'avais qu'une envie : monter à bord. Je me promenais dans le hall – comme d'autres à Orly – pour y rêver. On y accédait alors librement, par de multiples portes vitrées, qui me semblaient le must de l'architecture futuriste. Je n'étais malheureusement pas autorisé à monter dans les étages – où je savais que se concoctaient tous les mystères des émissions avant qu'elles ne soient délivrées sur les ondes – et bien trop timide pour oser me glisser dans les files d'attente pour assister à l'enregistrement d'une émission en public. Je me contentais, et c'était déjà une immense satisfaction, de suivre du regard ceux et celles qui avaient le privilège inouï de travailler ici. En les regardant sortir de l'ascenseur, je leur inventais des destinées. Celui-ci en jean et pull arpentant nonchalamment le marbre du sol devait être un ingénieur du son, et celle-là faisant claquer ses talons en balançant des hanches ? Une présentatrice, une voix connue sans visage... Une fille de la radio. Mais ma véritable récompense restait d'apercevoir la silhouette pressée et légèrement déhanchée d'un journaliste portant en bandoulière son Nagra[1], qui traversait le hall, avec son équipe, pour aller s'engouffrer dans une des voitures siglées ORTF garées devant les vitres.

J'avais le cœur qui battait en m'imaginant à sa place, partant sur un coup, le micro dans la main gauche, tandis que la droite manipulait les boutons

1. Marque de magnétophone de haute qualité, particulièrement solide – et lourd –, dont étaient équipés les professionnels de la radio en reportage.

du Nagra. « Bonjour, ici Jean-Pierre Foucault, racontez-moi ce qui s'est passé, mademoiselle... C'est pour la radio ! » Je fermais les yeux, j'y étais. « *Mon pauvre Foucault, arrêtez de rêver, car votre avenir se présente sous les pires auspices !* », la voix d'un de mes profs résonnait dans ma tête, interrompant mes rêves. Alors, pour conjurer le sort, j'achetais au kiosque à journaux une poignée de cartes postales représentant la maison ronde et, installé sur un coin de table, près de la machine à boissons, j'écrivais en commençant par cette phrase magique : « Je vous écris depuis la Maison de la Radio à Paris... »

La situation de notre famille était précaire. Maman avait hypothéqué les bureaux et la maison pour faire un emprunt capable de lui assurer un petit revenu constant. Après avoir touché les loyers des bureaux de la rue Breteuil, elle parvenait tout juste à joindre les deux bouts. Le surplus était consacré à ses enfants, des sorties de ski à Barcelonnette avec un organisme scolaire, des cours de danse pour ma petite sœur, un peu d'argent de poche pour moi. L'obsession de ma mère était d'obtenir une pension pour elle et ses enfants. La montée à Paris de maman, escortée de Tati, pour y affronter l'Administration, fait partie de la *geste* familiale. Comme tous les hauts faits d'armes, il est vraisemblable que cette histoire, maintes fois ressassée, se soit enrichie au fil des années comme l'un de ces épisodes glorieux qui ont définitivement assis ma mère en femme de tête ! Lasse d'avoir arpenté en vain les administrations marseillaises et départementales, son dossier de veuve de guerre sous le bras, et de s'entendre rétorquer systématiquement par les employés : « Ici, on n'y peut rien, peuchère, la décision doit venir de Paris », maman finit par leur déclarer que *« puisque les fonctionnaires marseillais étaient des incapables, elle s'adresserait directement à leurs chefs »*. Ma mère avait parfaitement assimilé le proverbe français qui recommande de s'adresser à Dieu plutôt qu'à ses saints !

Son obstination porta ses fruits et elle parvint à décrocher un rendez-vous avec un administrateur des pensions à Bercy pour y exposer son cas. Forte de son bon droit, et du courage du désespoir, maman plaida sa cause et celle de ses enfants avec une telle assurance et une telle foi, qu'elle provoqua l'admiration de Tati et remporta l'adhésion du haut fonctionnaire. C'est ainsi que maman devint veuve civile d'une guerre qui n'osait pas dire son nom et que ses enfants furent adoptés par la Nation. Je reçu, comme mes sœurs, une carte de pupille de la

Nation où l'État français *certifiait avoir adopté Jean-Pierre Foucault, fils de Marcel Foucault, ~~mort pour la France~~.* Un employé d'état civil consciencieux avait barré ces derniers mots, puisque mon père était mort pour rien.

Même si ces pensions n'étaient pas faramineuses, elles permirent à maman de faire face et de payer les études de mes deux sœurs qui, pour son grand bonheur, ne suivaient pas les traces de leur frère aîné. Je la mettais dans une position désastreuse. Mon renvoi du lycée provoqua un bouleversement dans ce budget si difficilement maintenu en équilibre. Maman fut contrainte d'entreprendre la tournée des écoles privées, pour en trouver une qui m'accepterait en seconde. Je fus admis contre rétribution à l'école Jean-Baptiste-de-la-Salle, un établissement austère créé par des jésuites sur le modèle des lycées du siècle dernier. Des bâtiments lugubres entourant une cour carrée et bitumée, plantée de platanes. Des couloirs immenses, desservant des salles de classe avec de grandes fenêtres au verre semi-dépoli, et pourvues de solides grillages qui laissaient échapper un morceau de ciel bleu. Dans la classe, le bureau magistral trônait sur une haute estrade, et au coin droit des pupitres en bois, torturés depuis des décennies par des canifs, des pointes de compas et autres objets forant, nous contemplait l'orbite vide, maquillée de bleu nuit, où l'on glissait les encriers de porcelaine blanche.

Le décor n'avait rien à voir avec les envolées libertaires du lycée de Marseilleveyre, les méthodes d'enseignement et la discipline non plus. Ici, on ne pratiquait pas les assemblées de classe où chacun notait ses condisciples selon deux modules, Ordre-Propreté-Silence (OPS) et Vie Communautaire et Sociale (VICS) mais l'on y exerçait la vieille pratique des pions – de vieux garçons blanchis sous le harnais – et de la colle le samedi *et* le dimanche. Quant aux études, point de dilettantisme, on ne venait pas à La Salle pour la sophistication de son enseignement, mais pour la solidité de son emplâtre, que nos parents – nous rappelait-on souvent – payaient comptant, chaque semestre. La biologie ne s'apprenait pas les pieds dans l'eau, dans les calanques à disséquer un coquillage, ou perché sur un toit du lycée pour expérimenter de visu le principe du pendule de Foucault[1]. La physique et la chimie se pratiquaient au tableau noir, par l'étude de grimoires et leur transcription selon la pratique des moines copistes. J'étais passé d'un lycée d'avant-

1. Aucune parenté !

garde en plein Moyen Âge. Le choc fut rude mais salutaire. Non que je fisse des progrès, je tâchais juste de me maintenir pour éviter d'être viré une nouvelle fois. Ma mère, dont je savais la part que prenaient mes « études » dans son budget, m'avait fait promettre de travailler et de me conduire correctement. Comme gage de notre accord, elle m'avait offert la Mobylette dont je rêvais pour aller au lycée.

Sous des dehors bravaches, je n'étais pas à l'aise le premier jour à La Salle. Je débarquais en *terra incognita,* sans connaître les us et coutumes de ce nouvel établissement, n'ayant aucun copain parmi les élèves et, je le savais, précédé d'une mauvaise réputation. J'avais largement exagéré l'impact de ce dernier point : la quasi-totalité des élèves de La Salle avaient été placés là après avoir été, pour des motifs divers et variés, eux-mêmes virés d'un autre établissement. Je m'y situais donc dans une honnête moyenne. Ce qui me préoccupait le plus était de me faire une place parmi mes condisciples, comme je m'en étais creusé une à Marseilleveyre. Il fallait tout recommencer, connaître d'abord la solitude, commencer par observer pour respecter les usages, puis définir les groupes et les clans avant d'essayer de s'y immiscer. Tout ce processus de socialisation scolaire, cette stratégie de cour de récréation, je les connaissais d'instinct.

Restait tout de même à choisir la manière de me mettre en valeur, tout en sachant que cette image, bonne ou mauvaise, me collerait à la peau pendant toute ma présence dans l'établissement. Je m'étais composé un *look,* comme on dit maintenant, maman m'avait acheté chez *Sigrand* une superbe veste pied-de-poule et, avec une de ces cravates étroites à la mode, je m'étais fabriqué une silhouette *british* que je considérais du meilleur goût, depuis mon séjour outre-Manche chez mon cousin Peter. Pour parachever le personnage, j'avais adopté un comportement subtil où la morgue le disputait à l'humour froid. Bref, une variante particulièrement odieuse de mon caractère, endossée comme une armure pour me protéger des autres. Cela eut l'effet escompté. Mes camarades me prirent pour un original, ce qui n'est pas l'idéal pour se fondre dans la masse, mais a l'avantage d'éviter d'être considéré comme suffisamment insignifiant pour devenir une tête de Turc. Avec les profs, j'adoptais cyniquement une attitude mielleuse pour ne pas trop me faire remarquer. Le naturel ayant tendance à revenir au galop, j'abandonnai rapidement ces manières pour en revenir à cette arrogance agressive qui dissimulait une timidité profonde.

Le début de ma première année à La Salle fut heureusement illuminé par une rencontre, celle de celui qui allait devenir mon meilleur ami, mon frère, Claude. Notre amitié ne débuta pas sous les auspices les plus favorables. C'est souvent le cas. Nous nous étions repérés, il nous fallut le temps de nous évaluer avant de nous laisser aller à une sympathie naturelle. Ce choc alla jusqu'à un – léger – affrontement physique, pour une raison qui n'avait aucune importance. Les garçons ont souvent, au premier abord, l'amitié rugueuse. Nous allions devenir inséparables et nous le sentions déjà. Le hasard – mais existe-t-il vraiment – voulut que nous soyons tous les deux assis au même pupitre et, comme des galériens enchaînés au même banc, nous avons décidé de nous soutenir mutuellement dans cette interminable traversée de l'année scolaire.

La découverte de l'amitié eut un effet bénéfique sur ma personnalité. J'avais eu quelques copains jusqu'alors, à l'école, au lycée et aux scouts, mais je n'avais jamais ressenti une telle complicité avec quelqu'un si ce n'est, en certaines circonstances, avec mon père. Mais c'était mon père, et notre entente se déclinait sur le registre de l'amour filial. Avec Claude, la connivence fut immédiate et définitive. Il avait un an de plus que moi, il s'était débarrassé de cette chrysalide infantile, et j'étais en passe de faire de même. Nous devenions de jeunes adultes et ainsi il m'aida dans ce difficile passage. Dans ma famille, il n'y avait plus de modèle masculin auquel j'aurais pu m'identifier, ou m'opposer. La perte de mon père avait, d'une certaine manière, stoppé mon évolution et lorsque je me heurtais à ma mère, je continuais à le faire à la manière d'un petit garçon égoïste et immature. C'était bien là ce qu'elle me reprochait sans cesse, croyant qu'il suffisait que j'en fasse *l'effort* pour supprimer le problème ! Je sentais bien, au fond de moi, le bouillonnement de forces qui ne demandaient qu'à s'exprimer. Mais je ne connaissais pas le mode d'emploi pour les canaliser et, lorsque la pression devenait trop forte, j'avais tendance à péter les boulons. Avant de mieux me connaître, Claude – m'avouerait-il plus tard – n'avait été séduit ni par mon look qu'il jugea prétentieux, ni par mes poses de cancre patenté. Quant à moi, j'étais impressionné par ce garçon qui semblait si à l'aise dans ses mouvements et que son sourire rendait sympathique. Je l'ai dit, une bousculade dans les rangs me montra qu'il savait se faire respecter, ce qui me fit le trouver encore plus intéressant. Le sort, en nous réunissant sur le même banc, décida pour nous. Nous aurions pu nous toiser pendant le reste de l'année ; en moins d'une heure de cours, nous nous étions trouvés. Bien sûr, on peut évoquer Montaigne : « Si on me presse de dire pourquoy je l'aymoys, je sens que cela ne se peut exprimer, qu'en respondant : Par ce que c'estoit luy, par ce que c'estoit moy[1]. » Nous en avons souri plus tard, sans nous attarder, avec cette pudeur des mots et des sentiments qui caractérise la véritable amitié. Dans le registre littéraire, je préférais Jules Romain et *Les Copains*, trouvant que sa définition de l'amitié nous allait comme une paire de gants : « Nous deux, comme nous sommes là, en bécane, sur cette route, avec ce soleil, avec cette âme, voilà qui justifie tout, qui me console de tout. » L'amitié de Claude me permit de cicatriser.

Quand nous nous sommes trouvés, j'étais en complet désarroi, tous mes repères perdus. Ma famille, cruellement amputée, me devenait de plus en plus insupportable. C'est horrible à avouer, mais je ne pouvais plus supporter cette maison où chaque objet, chaque parcelle d'espace me rappelaient l'absence de mon père. J'avais des rapports inexis-

1. Montaigne, *Essais*, « De l'amitié ».

tants avec mes sœurs et conflictuels avec ma mère. J'en voulais à la terre entière de mon mal-être, et l'exclusion du lycée m'avait plus durement touché que je ne voulais bien l'admettre. J'arrivais dans un nouvel établissement où l'idée même de m'adapter était une souffrance. J'étais un adolescent terrifié qui redoutait de grandir, de peur qu'un nouveau malheur ne vienne le frapper. Et, malgré tout, je portais beau, comme ces spadassins désargentés de la *Commedia dell'arte,* qui se seraient fait rosser pour un regard et tuer pour un bon mot. C'est, je crois, ce qui a plu à Claude : ce côté *desesperado* chez un garçon un peu enveloppé ! Il prévoyait déjà que nous ferions de grandes choses ensemble et, moi, j'étais d'accord.

– En sortant du bahut, si tu veux, tu peux passer chez moi. J'habite juste à côté, rue Madon.

C'est comme ça que je fis connaissance de la famille Moreau. J'allais en faire ma famille d'accueil pendant tout le reste de ma scolarité et de ma vie. Chez les Moreau, l'atmosphère était bien différente de celle qui régnait à la maison. Le père, inspecteur du travail, n'était en rien conforme aux préjugés que l'on peut avoir sur cette profession. C'était un homme jovial et libéral, qui considérait avec indulgence le développement de ses deux fils. La mère, qui était beaucoup plus critique sur les frasques de

Claude, ne se montra pas fort lucide me concernant. Impressionnée par mes manières courtoises et mon allure, elle décida que je devrais avoir une bonne influence sur le comportement de son fils, et ne mit aucune entrave à notre amitié. Je pris donc l'habitude, après le lycée, de m'installer chez eux, dans la chambre de Claude, jusque assez tard le soir, pour que Mme Moreau me garde à dîner et que ma mère, inquiète, téléphone pour savoir s'il ne m'était rien arrivé. Je désertais la maison, n'y passant que le minimum de temps. J'étais mieux à traîner avec Claude, à écouter des disques, à nous raconter des histoires et à partager notre passion commune, la radio.

Avec les Moreau, je découvris une nouvelle façon de vivre, moins corsetée, plus libérale et plus gaie, tournée vers l'avenir. J'étais attiré par ce qui me semblait une nouveauté, dans un monde que je ressentais comme figé et incapable de satisfaire mes aspirations. Mon refuge dans la rêverie était l'une des conséquences de cette insatisfaction. Chez les Moreau, je découvrais que la vie pouvait être la réalisation de ses rêves. Non pas que cette famille fût exceptionnelle ou douée de pouvoirs extraordinaires, non, il y régnait juste une harmonie que j'étais simplement invité à partager. Ce jugement peut paraître sévère – par comparaison avec ma propre famille à laquelle j'étais pourtant profondément attaché –, mais il résulte d'une vérité toute simple : pour grandir et se développer, il faut s'affranchir de son tuteur. J'étais jusqu'alors empêché de le faire par un curieux sentiment de culpabilité, considérant qu'il s'agirait là d'une trahison envers la mémoire de mon père. En sacralisant son souvenir, je m'interdisais d'exister indépendamment de la famille, dont il m'avait légué la garde. En abordant la famille Moreau, ce nouveau rivage, je découvrais que je n'avais pas à me substituer à mon père disparu, mais que je lui devais de vivre ma propre vie, telle qu'il en aurait été fier.

Ma mère fut inquiète, dans les premiers temps, de cette absence quotidienne – je ne rentrais que tard le soir et quittais la maison tout le week-end – qu'elle ressentit comme un abandon, mais aussi comme un soulagement. Pendant les mois qui avaient suivi la mort de mon père, j'errais littéralement comme une âme en peine. Je refusais de m'occuper de quoi que ce soit dans la maison. Je fuyais les jours de lessive où le loueur arrivait avec la grosse machine[1] et l'installait pour la journée

1. À cette époque, les machines étaient chères et on les louait à la journée.

dans la cuisine, laissant ma mère en tablier les manches retroussées, le visage rougi par l'effort et la chaleur, blanchir le linge de la semaine. Je refusais même le simple bricolage, changer une prise ou rajuster un volet. C'était Claude qui me suppléait dans ces menus travaux, s'attirant ainsi la reconnaissance maternelle.

Une seule charge trouvait grâce à mes yeux, l'entretien du jardin, que je jugeais une tâche virile, puisqu'elle avait été la préférée de mon père. Là aussi, j'étais envahi par la nostalgie des moments où nous regardions ensemble l'irremplaçable catalogue Manufrance, à la page des graines et semences, qui promettait – sur photos – des légumes gigantesques et des fleurs merveilleusement colorées, pour un prix dérisoire. Mais aussi parfois, j'effaçais prestement une larme du revers de la main lorsque, en soignant un arbre, je me souvenais avec une précision insupportable du moment où mon père l'avait planté. Je me revoyais tenant fièrement et fermement l'arbuste plus haut que moi, tandis que papa comblait délicatement de terreau le trou autour des racines. « Maintenant il faut bien l'arroser ! », disait-il en remplissant l'arrosoir à l'un des robinets qu'il avait fait placer par commodité en divers endroits du jardin.

Ma mère ne pouvait pas ignorer ce changement qui me transformait peu à peu dans le sens qu'elle souhaitait. Ce que je perdais en surplus de ma silhouette, je le gagnais en densité de caractère. Sans devenir plus adulte, j'étais moins immature et, très vite, maman voulut connaître la famille qui semblait si bien me convenir. Claude avait fait sa conquête et alors qu'elle se refusait à toute visite à l'extérieur, elle accepta de rencontrer ses parents sur leur invitation. Nous étions dans nos petits souliers, sachant parfaitement que de cette entrevue dépendait notre liberté ultérieure. Notre amitié ne pouvait être remise en cause, mais une entente entre les deux familles arrangerait bien nos affaires. Ce fut le cas, maman fut à son tour conquise par la gentillesse des parents Moreau et par la bonne humeur qui régnait chez eux. Par la suite, elle devint même amie avec la mère de Claude, ce qui lui permit de sortir un peu et de recommencer, elle aussi, à vivre.

Nous fûmes enchantés de cette alliance, qui nous permettait de développer notre amitié par ces « bêti*zeus* » qui deviendraient nos meilleurs souvenirs. Et, sur ce plan, l'un n'avait rien à envier à l'autre. Les Moreau possédaient par chance une petite villa à côté de Marseille, à Sausset-les-Pins, dans laquelle nous pouvions aller seuls, lorsque les parents n'y passaient pas le week-end. Ce petit port sur la côte devint notre terrain de jeux favori et le théâtre de nos exploits de novices. Car si nous ne dédaignions pas de nous livrer, au lycée, à des facéties de potache – comme d'aller coller avec du chewing-gum, en pleine nuit, la sonnette d'un de nos profs, l'obligeant à sortir hirsute et en pyjama –, nous nous intéressions, à la villa de Sausset, à d'autres jeux, plus adolescents, que Claude, qui avait une année de plus que moi, avait déjà commencé à expérimenter, et que je brûlais d'imiter. Certains week-ends, avec boum et fêtes dans le jardin, devinrent chauds. Enfin, n'exagérons rien, nous étions encore dans le milieu des années soixante, et les jeunes filles, malgré nos efforts, refusaient d'aller au-delà de baisers interminables, qui nous laissaient sans souffle, et gardaient leur dignité protégée par leurs panties, érigés alors en véritables forteresses.

8.

Sauvé par le Teppaz !

Je garde un souvenir émerveillé de mes premières boums chez Claude. J'étais très intimidé, ne sachant pas comment me comporter dans cet univers inconnu mais terriblement excitant. Je ne savais pas m'habiller, je ne savais pas danser, j'étais empêtré dans un corps dont je ne contrôlais pas tous les mouvements et j'ignorais tout de la manière dont on parle aux filles, autrement qu'en ricanant. Au diable tous ces handicaps, je n'aurais cédé ma place pour rien au monde ! Comme tous les grands timides, je m'étais trouvé une affectation qui me dispensait d'affronter les demoiselles : je m'occupais du Teppaz ! Ce tourne-disque épatant et robuste résistait aux chocs des danseurs de rock maladroits, aux verres de soda renversés et aux chewing-gums écrasés. Sa tête de lecture était suffisamment lourde pour rester vaillamment dans le sillon du micro-sillon, malgré la poussière et les rayures ; et le haut-parleur, niché dans le couvercle amovible, privilégiait gravement les graves, avantageant le saxo, la batterie et la basse. Ce qui n'était pas plus mal.

Mon intérêt pour les filles se révélait inversement proportionnel à mon embonpoint. En vérité, j'étais un gourmand, limite glouton, richement nourri par une mère inquiète, et dont le système hormonal avait été endommagé par la prise inconsidérée de médicaments. Mon séjour en Grande-Bretagne n'améliora pas les choses. Alors qu'il était de bon ton de dénigrer la cuisine d'outre-Manche, je me jetais sur ses spécialités avec un appétit suspect. Je découvrais les hamburgers, inconnus en France ; les *fish and chips,* qu'il faut envelopper dans du papier journal pour absorber le surplus de graisse, les bonbons anglais aux couleurs si sucrées qu'elles n'existent pas à l'état naturel, et, en même temps que la musique américaine, les sodas et les sticks chocolatés, bourrés de calories. À côté, les barres d'Ovomaltine *made in France*, ressemblaient à d'aimables plaisanteries ! Je revins obèse, traînant une valise bourrée de friandises par mon cousin Peter. Ma mère, effarée, me conduisit à l'hôpital Saint-Joseph où un médecin me mit à la diète et me prescrivit le fameux Califon aux funestes conséquences.

Malgré tout, l'heure du goûter resta toujours un moment unique où je sacrifiais à mes péchés mignons, inventant de nouvelles recettes pour compenser, au retour de l'école, toutes mes frustrations. La confiture de coings est bien meilleure lorsqu'on la pêche en cuillère à deux doigts, directement dans le pot. Une épaisse couche de chocolat râpé étalée sur une belle tartine copieusement beurrée est déjà délectable, alors même qu'on la confectionne. Et que dire de l'accord parfait, en texture et croquant, du fondant de la mie et du choc tonique d'un bout de pain frais et d'un morceau de sucre, croqués simultanément ? J'y ajouterais, pêle-mêle, la liste de toutes ces friandises qui, chacune, nous rappellent un moment de douceur passé : pâtes de fruits, à la rugueuse surface de sucre cristallisé ; cuillerée de miel, qui s'étire en une larme dorée, débordant du col du pot, et qu'on efface d'un coup de doigt gourmand ; la première crêpe, toujours ratée, dont les morceaux chiffonnés ont le goût des choses à demi pardonnées ; les biscuits Brossard – chacun sa part – dont d'un simple coup de langue on écrasait la première bouchée ; les pâtes d'amandes, en grosses barres colorées qui se brisent comme de la pâte à modeler, pour devenir la sublime frangipane ; ou le miraculeux calisson d'Aix, losange pressé entre pain d'ange et laque de sucre blanc ; les sucettes au délicat caramel Pierrot Gourmand, dressées comme les plumes d'un paon sur la collerette de leur présentoir à tête de bouffon enfariné ; les navettes de Saint-Victor, petites barques à la fleur d'oranger à déguster à la Chandeleur, juste sorties du four pour célébrer le débarquement aux Saintes-Maries de Marthe et Marie Madeleine... Quel bonheur ! J'en ai encore l'eau à la bouche !

La corpulence est le résultat d'une terrible injustice, qui rend les hommes inégaux. Combien de fois n'ai-je secrètement envié mes camarades capables de dévorer tout ce qui leur tombait sous la main sans prendre un kilo, alors qu'il me suffisait de passer devant la vitrine d'une pâtisserie pour exploser la balance. Encore aujourd'hui, je suis obligé de changer de trottoir pour combattre cette malédiction. Les bourrelets, chez un adolescent, n'attirent pas particulièrement les regards des filles. Conscient de mon handicap, j'étais paralysé lorsque l'une d'entre elles daignait m'adresser la parole, et j'avais donc établi comme un fait que « les femmes » ne m'intéressaient pas. Je maintins cette réserve pendant longtemps. Alors que mes camarades commençaient déjà à leur tirer les cheveux et à les bousculer dans les couloirs, je gardais mes distances, évitant même de les regarder. Ma mère, qui s'inquiétait de mon immaturité, n'avait pas de reproche à me faire sur ce chapitre ! J'étais peu averti de la chose, l'essentiel de mes informations provenant des discussions avec mes copains. Ce qui, on se l'imagine, volait assez loin de la réalité. Et quand elles s'en approchaient, les descriptions inouïes fournies par les plus délurés étaient rejetées comme des fables. Au lycée, je n'étais pas le seul dans cette situation, les garçons de ma classe étant considérés unanimement par les filles du même âge comme des gamins, indignes du moindre intérêt. Et moi, le grassouillet, comme plus indigne encore !

Chez les scouts, où l'on célèbre la saine camaraderie virile et où sont proscrites toutes les mauvaises idées qui pourraient souiller nos droites âmes, pas de place pour les fantasmes. Excepté envers nos homologues féminins, les Guides de France, coquettement revêtues de rudes jupes à mi-mollets et de chemises à cols fermés. Certaines pourtant s'arrangeaient pour agrémenter la sévérité de l'uniforme de quelques fantaisies, comme le pull sur les épaules, négligemment noué sur la poitrine ou, comble de l'audace, quelques fleurs tressées dans les cheveux et des socquettes soigneusement roulées mettant en valeur leurs mollets. Une légende courait régulièrement, dans les camps scouts, concernant le chef de

Troupe et la chef des Guides, fortement soupçonnés d'entretenir une idylle. Bizarrement, cette fable se perpétuait dans tous les rassemblements. Est-ce un besoin inconscient, pour les jeunes scouts et les jeunes guides, de reproduire une structure parentale ? Je me garderai d'esquisser une psychanalyse du scoutisme, mais la légende, nourrie de sa propre mythologie, rapporte que la nuit, le chef de troupe quittait le campement après le couvre-feu et, armé de sa boussole et d'une lampe électrique, partait à la rencontre de la cheftaine qui, pareillement équipée, faisait le trajet en sens inverse. Les deux héros se retrouvaient ainsi clandestinement dans la forêt, à mi-chemin entre les deux campements.

– Et tu crois qu'il la nique ?

– Bien sûr, qu'il la nique !

Je me gardai bien de demander ce que voulait dire « niquer ». Inutile d'attirer l'attention sur mon ignorance. Je me renseignai adroitement plus tard, pour constater que l'explication, loin de dévoiler le mystère, ne faisait que le rendre plus opaque encore.

La villa des parents de Claude devint rapidement le lieu « couru[1] » dans le coin, et même jusqu'à Marseille. En temps normal déjà, nous profitions

1. À la mode (en « vieux français » des années 1960).

des bonnes dispositions des parents qui, estimant qu'il fallait bien que jeunesse se passe, autorisaient les boums l'après-midi et invitaient les jeunes à dîner le soir. J'avais rêvé de ces boums qui, à l'époque, constituaient le nec plus ultra des relations sociales, dans une société encore bien corsetée, mais que la jeunesse, nombreuse et débordante d'énergie, ne demandait qu'à faire exploser[1]. Cette génération du baby-boom, issue de l'après-guerre, était honteusement gâtée par des parents qui rêvaient d'offrir à leurs enfants tout ce dont ils avaient eux-mêmes été privés pendant les années de conflit et de reconstruction. Nous, les enfants-rois, considérions le monde comme notre terrain de jeux et notre plaisir comme un privilège. Au lycée, nous parlions de ces « surpat'[2] » sur la foi de renseignements glanés auprès de copains affligés de frères et sœurs plus âgés. Il était bien rare que le « petit frère » soit admis dans le garage transformé en boîte de nuit. Il devait se contenter d'espionner, assis dans l'escalier de la cave, menaçant si on tentait de l'en déloger « de tout dire aux parents ». Et il y avait à raconter sur les couples qui s'embrassaient

1. Ce qui fut le cas trois ans plus tard, en Mai 1968.
2. Autre nom pour les boums, autrefois appelées « après-midi dansants ».

à pleine bouche, les gars qui chatouillaient les filles dans les coins et d'autres qui cherchaient dans le jardin une haie bien touffue pour s'y dissimuler !

De mon côté, je prenais mon rôle de disc-jockey[1] très au sérieux. Et pour cause, j'avais enfin trouvé ma planque, sauvé par le Teppaz ! Je possédais quelques disques ramenés de Londres par mon cousin Peter, dont le fameux *Let's Twist Again* de Chubby Checker, qui serait repris plus tard par Johnny. Cette position stratégique me permit de m'intégrer en souplesse dans les boums, et d'adapter ma programmation aux demandes des uns et des autres.

– Jean-Pierre, mets-moi un slow. Je crois que c'est bon avec Martine. Je lui ai passé la main dans les cheveux et elle n'a rien dit !

Les filles s'enhardissaient à venir me demander des morceaux, au début accompagnées de leur copine, puis s'attardant parfois un peu seules pour me regarder opérer. Dans ces cas-là, j'en rajoutais, observant avec ostentation les faces des 45 tours, que je prenais délicatement par la tranche, avant de les placer sur la platine. Un petit coup de chiffon délicat ou un léger souffle…

1. Depuis abrégé DJ.

– On voit que tu t'y connais, Jean-Pierre. Mais tu ne danses pas…

– Pas le temps !

Claude avait un an de plus que moi, et cela faisait toute la différence. Il ne s'est jamais servi de cet avantage, *considérable* à cet âge, pour m'imposer une quelconque allégeance, au contraire, je trouvais auprès de lui une considération et une fraternité qui ne se démentiront jamais. Claude avait déjà eu des petites amies et me guida amicalement dans mes premières approches. L'essentiel de ses recommandations tenait en une formule : « Tu y vas doucement… Mais pas trop ! » Tout l'inconnu résidant dans ce *pas trop*, qui me laissait perplexe. Après quelques tâtonnements, je parvins à franchir les nombreux obstacles qui attendent un garçon sur le chemin de la vie. Les salles de cinéma étaient notre principal terrain d'expérimentation. Que d'éblouissantes découvertes eurent lieu dans ces salles obscures ! Parvenir à inviter une jeune fille au cinéma était déjà un signe encourageant, mais j'appris bien vite, à mes dépens, que rien n'est jamais gagné d'avance. C'est ainsi que je subis les avatars du « trop », comme les frustrations du « trop peu ». Notre objectif ultime étant d'embrasser longuement en faisant tourner la langue jusqu'à en avoir le tour des lèvres irrité par la salive : « Là c'est bon, tu peux arrêter ! », puis, après, de parvenir, avec le bras passé derrière les épaules, à envelopper dans le creux de la main un peu de mystérieuse rondeur.

– Tu lui as touché les seins ?

– Évidemment !

L'autre score étant de pouvoir effleurer, sur une cuisse, le renflement de l'attache du porte-jarretelles, dont nous avions une idée très précise grâce aux pages sous-vêtements du catalogue *La Redoute*. S'égarer dans ces zones-là était à haut risque, et pouvait nous condamner à regarder la fin du film en chiens de faïence. Mais le jeu en valait la chandelle !

Claude ne détestait pas me suivre sur le sentier des « couillonneries » où j'aimais m'attarder. Jusque très tard, je l'ai entraîné dans ces régressions, par lesquelles je manifestais mon désir de ne pas grandir, puisque grandir, c'était mourir. Claude, en m'accompagnant dans cette manifestation de mes angoisses, me permit de les exprimer, comme on extrait le jus amer d'un citron. Je voulais réitérer, à La Salle, ce qui m'avait si bien réussi auprès de mes camarades du lycée, faire le pitre. J'avais vite oublié toutes les promesses faites à ma mère et, dès la première année, me suis lancé dans un festival de poil à gratter, poudre à éternuer et autres boules puantes qui finirent d'asseoir ma réputation auprès de mes condisciples. Je sentais pourtant que je ne pourrais pas me complaire toute ma vie dans ce rôle de clown. Claude, en refusant de me juger, en m'accompagnant même dans mes provocations, me permit ensuite de m'en affranchir. Lorsque, en pleine nuit, j'allais carillonner à la porte d'un prof qui m'avait fichu une mauvaise note, il me couvrait. Lorsque nous allions, à Morgiou, balancer des pétards sur le cabanon de mon apprécié prof d'histoire, Jean-Claude Gaudin[1], il me transportait jusque sur les lieux du crime dans sa 2 CV. Lorsque je maculais de craie bleue le bord du bureau du prof de français – qui portait une barbe qu'il avait l'habitude de caresser pendant ses cours[2] –, Claude faisait le guet. Cette escalade aurait dû logiquement aboutir à me faire virer, comme je l'avais été de Marseilleveyre. Mais un bon génie veillait sur moi, ou peut-être devenais-je plus sournois dans mes méfaits ! Toujours est-il qu'un événement se chargea de me ramener à une plus juste évaluation des choses, mon âge ne me permettant plus d'échapper aux conséquences de mes bêtises.

L'affaire débuta au bord de la route où nous nous étions embusqués. Claude avait un véritable sifflet

1. Devenu depuis mon ami et le maire de Marseille.
2. Le professeur sera dès lors baptisé Barbe-Bleue.

à roulette, en forme d'escargot, en acier nickelé, pourvu à l'intérieur de cette petite bille qui produisait un son inimitable. Et donc, au passage des voitures, nous donnions un impérieux coup de sifflet, ce qui produisait un coup de frein immédiat du conducteur, dont la tête affolée tournait dans tous les sens pour identifier son auteur. Dans notre fossé, nous étions morts de rire en voyant le conducteur redémarrer, furieux d'avoir été ainsi berné. Cette plaisanterie durait depuis suffisamment longtemps pour que la police soit alertée par les plaintes des automobilistes. Nous n'avions pas calculé qu'un freinage intempestif aurait pu provoquer un grave accident. Une voiture de police nous surprit en flagrant délit et nous fûmes priés de montrer nos papiers et de nous expliquer. Claude avait sa carte d'identité, mais moi je n'avais rien sur moi. L'un des gendarmes, pensant que je mentais, m'ordonna de m'exécuter sur-le-champ. Oubliant que je ne m'adressais pas à l'un de mes profs, je lui répondis vertement : « Inutile d'insister lourdement ! » Le pandore pesait au moins cent kilos et prit ma réflexion comme une allusion à son embonpoint et à ses qualités intellectuelles.

– Tu me traites de lourdaud, petit con ! Lourdaud ! Tu vas voir ce que ça va te coûter !

Nous fûmes emmenés *manu militari* au commissariat de police où, sous les invectives du « lourdaud », je fus obligé d'attendre le bon vouloir de mes gardiens. Enfin, vers deux heures du matin, on accepta de téléphoner à ma mère pour qu'elle vienne justifier de mon identité. Ma mère, réveillée par la police pour récupérer son fils – alors qu'elle croyait que je dormais tranquillement chez Claude –, refusa de se déplacer en pleine nuit pour venir me récupérer. Claude, qui avait été libéré un peu plus tôt, n'abandonna pas son ami. Il sauta dans un taxi et fila chez moi pour y prendre mes papiers. Ma mère, folle de rage, surtout après le récit que lui fit Claude de nos couillonnades, refusa net de lui donner ma carte d'identité.

– Qu'il reste au commissariat, ça lui apprendra à faire des bêtises aussi stupides à son âge ! Il faut qu'il comprenne qu'il n'a plus dix ans !

Claude, qui savait que les policiers ne me portaient pas dans leur cœur et que j'allais finir la nuit en cellule avec les poivrots, supplia ma mère de lui donner ma carte. En plaidant ma cause, il parvint non seulement à vaincre ses réticences, mais aussi à lui faire payer le taxi qu'il avait emprunté ! Ma mère avait un petit faible pour Claude. Je crois aussi qu'elle était tellement inquiète pour moi, que l'idée que quelqu'un veille sur son fils allégeait un peu son fardeau.

Cette histoire, qui nous gratifia d'une aura supplémentaire à La Salle, se transforma bientôt en épopée, avec cette propension toute méridionale qui permet de donner une dimension épique au moindre incident. Même si je plastronnais, élevant ma piteuse altercation avec le pandore en affrontement héroïque, je n'étais pas fier de moi. Le refus de ma mère de voler à mon secours m'avait blessé, d'autant qu'elle accentua la froideur de son comportement, l'assortissant d'un mépris glacé qui eut plus d'effet que la copieuse engueulade à laquelle je m'attendais. Elle ne se donna même pas la peine d'évoquer le souvenir de mon père, mais le pensa si fort, que j'en fus meurtri.

Il était écrit que nous serions rattrapés, Claude et moi, par nos méfaits. Ce fut au milieu de l'année scolaire, nous étions alors en première et le baccalauréat se profilait à l'horizon. Nos parents furent convoqués par le père-directeur de La Salle pour en entretien auquel notre présence était solennellement requise. Devant ma mère et Mme Moreau, il se livra à un véritable réquisitoire, détaillant par le menu tous les écarts de conduite dont nous nous étions rendus coupables, concluant sur l'état déplorable de nos études et des notes qui les sanctionnaient. Ma mère tombait de haut car, je dois l'avouer, je falsifiais ou faisais disparaître mes bulletins ainsi que les lettres d'avertissement. Elle, qui consacrait toute son énergie à faire bouillir la marmite et à régler les multiples tracas administratifs dus à notre situation, ne pouvait consacrer que peu de temps à l'examen de mes études. J'en avais profité pour lui mentir honteusement. Et là, ma mère, dans ce bureau sombre et austère, devant cet homme froid et implacable qui lui révélait une face inconnue de son fils unique, se mit à pleurer. Ma mère ne pleurait plus depuis la mort de mon père ayant, disait-elle, épuisé toutes les larmes de son corps. Il lui en restait apparemment encore quelques-unes pour les verser sur son fils.

Je me sentis soudain profondément humilié par ce désespoir public. Que cette femme si digne, si secrète, se laisse aller à pleurer, et soit ainsi livrée au comble de l'indécence me foudroya. J'avais beau me leurrer, en trouvant tout un tas de prétextes pour justifier mes mensonges, je pouvais bien serrer les poings de rage et d'humiliation, je pouvais jeter toutes les imprécations, j'étais bel et bien le responsable de ce gâchis. Le père supérieur annonça qu'en conséquence, il ne pouvait pas nous garder dans son établissement et que nous serions renvoyés. C'en était trop pour nos mères, qui se mirent aussitôt à supplier et à plaider pour qu'on nous garde. Avant de nous signifier notre congé, en nous laissant dans l'attente de son verdict, le père supérieur s'adressa à moi.

– Vous devriez être un peu raisonnable, mon garçon. Votre mère est veuve et vous ne vous conduisez pas en fils responsable : vous êtes en train de gâcher votre vie…

Son sermon me révolta, je sortis du bureau en sanglotant de rage. C'est moi qui conduisais la 2 CV et à peine les autres étaient-ils installés que je démarrai en trombe. Je hoquetais de rage, appuyant sur l'accélérateur comme un fou. À l'arrière, maman et Mme Moreau étaient brinquebalées dans les virages et me suppliaient de ralentir. À côté de moi, Claude, tétanisé, regardait la route, cramponné au tableau de bord. Je voulais gommer définitivement la honte de cette convocation et le dégoût qui me montait aux lèvres. Et puis je me calmai, me dépouillant peu à peu de cet excès de violence qui me brûlait la peau comme une tunique de Nessus, me consumant l'âme. Je retrouvai progressivement mon sang-froid et, bien qu'encore un peu exalté, je me fis silencieusement cette promesse. *Je leur montrerai à tous ce que je sais faire ! Peut-être pas dans les études, mais je réussirai ma vie !*

9.

Satisfaction !

Claude et moi fréquentions assidûment, je l'ai déjà raconté, l'association « Inter Jeunes de France et d'Europe » dirigée par le solaire Jimmy Guieu, écrivain de science-fiction, expert en Ufologie, mais surtout animateur de l'émission de radio *Les Carrefours de l'Étrange* sur Radio Marseille. Jimmy nous avait à la bonne. Au début de l'année 1966, il nous convoqua dans son bureau où trônait dans une bibliothèque la centaine d'ouvrages qu'il avait écrits sous son nom ou sous différents pseudonymes. Plusieurs revues sur les soucoupes volantes et sur les expériences scientifiques insolites étaient dispersées un peu partout, ainsi que de savants ouvrages en langues étrangères sur les OVNI. Son bureau était un véritable capharnaüm où il était, comme beaucoup de bordéliques, le seul à se retrouver parmi les innombrables coupures de journaux qu'il collectionnait.

L'affaire ultrasecrète dont il voulait nous entretenir nécessita quelques recherches savantes avant qu'il ne brandisse une lettre, qu'il nous lut après nous avoir fait jurer solennellement le silence sous menace extrême. Ce courrier avait le plaisir d'informer M. Jimmy Guieu que l'association Inter Jeunes, dont il était le président, avait été retenue pour organiser, à Marseille, le 30 mars 1966, les deux concerts donnés par les Rolling Stones lors de leur tournée européenne. Jimmy releva les yeux et, prenant un air sévère mais bienveillant, nous annonça :

– Et j'ai l'intention de vous confier à tous les deux toute la logistique pour l'organisation de ce concert. Il n'y a pas de temps à perdre, il faut réserver une salle, installer des fauteuils, trouver des chambres d'hôtel…

Claude et moi en restâmes bouche bée, nous avions du mal à réaliser que l'un des plus célèbres groupes de rock du monde allait venir à Marseille et que nous devions organiser leur séjour !

– Je vous ai choisis parce que je sais que vous êtes débrouillards et que je peux compter sur vous. Bien entendu, je ne peux pas vous rémunérer tout de suite mais, après le concert, je vous promets que vous aurez votre part.

Nous protestâmes de notre total désintéressement avec un bel ensemble – ce qui sembla rassurer Jimmy – tous en l'assurant de notre entière dévotion à ce projet enthousiasmant.

– Et pas un mot, pour le moment. C'est moi qui me chargerai de la publicité !

Inutile de préciser qu'investis d'une telle mission, il n'était plus question que nous allions perdre notre temps avec des cours dans des usines à bachotage. Une brillante carrière d'organisateurs de concerts s'ouvrait devant nous et nous nous lançâmes dans l'aventure avec toute l'ardeur et l'inexpérience de deux garçons à peine sortis de l'adolescence, sans rien savoir du marigot dans lequel, jeunes crocodiles, nous mettions les pattes. Claude décida de solliciter Francis, un copain qui tenait la boîte que nous fréquentions assidûment à cette époque, *Le Soupirail.* Il nous fournit les adresses pour imprimer les affiches et les combines pour les coller aux bons endroits dans la ville. Nous avions aussi besoin d'une billetterie et fîmes confectionner, dans la foulée, des billets pour deux concerts l'un à 18 h 30 et l'autre, trois heures plus tard. La salle Vallier, que nous avions retenue, nous avait paru gigantesque avec ses quatre mille places et sa scène immense, mais il nous fallait bien ça pour pouvoir payer le cachet des Rolling Stones ! Lorsque Jimmy nous avait annoncé les prétentions de Mick Jagger, nous avions ouvert des yeux ronds : soixante-dix mille francs[1] auxquels s'ajoutaient le cachet plus modeste d'Antoine et les Problèmes[2], qui assuraient la première partie, ainsi que tous les investissements, location de la salle, de la sono, des chaises, des chambres de l'hôtel Ruhl pour les groupes ; et tous les *impedimenta* dont la liste était écrite – noir sur blanc – sur le contrat et dont le moindre manquement était susceptible de faire annuler le concert. Je me souviens qu'il était bien spécifié que Mick Jagger exigeait du thé Darjeeling dans sa loge et je dus, en catastrophe, sillonner Marseille en Solex pour trouver cette sorte de thé dont je n'avais jamais entendu parler.

Plus la date fatidique se rapprochait, plus les échos provenant des différents concerts de la tournée européenne des Stones se faisaient inquiétants. Le groupe de rock pur et dur déchaînait les passions de leurs fans qui vomissaient les yéyés et le groupe

1. En 1966, une 2 CV valait environ 5 500 nouveaux francs. On pouvait donc avoir un concert des Stones pour le prix de 13 Citroën !

2. Le groupe les Problèmes deviendra plus tard les Charlots.

ennemis, *Les Beatles*. Eux, c'étaient les *bad boys* et un concert des Stones ne pouvait se terminer sans un massacre en règle des sièges, sur lesquels dansaient des grappes de groupies en transes. Amsterdam, Bruxelles, Berlin, Paris pansaient leurs plaies après leur passage et les propriétaires de la salle Vallier commencèrent à craindre pour leur mobilier. Encore une fois, il fallut improviser et, en échange de places de concert, un de nos copains, fils de menuisier, fournit de longues barres en bois censées solidariser les chaises entre elles et empêcher qu'elles servent de projectiles. Notre nouveau statut nous assurait, auprès de nos amis et condisciples, une autorité dont nous ne nous serions jamais crus capables. Jimmy se déchargeait sur nous de toutes les responsabilités et nous étions petit à petit devenus les maîtres d'œuvre du projet. Avec un certain talent, dois-je reconnaître, même avec le recul, compte tenu de notre âge tendre[1] et grâce à un culot en béton armé. L'aplomb avec lequel nous avions auditionné les groupes locaux, en costumes sombres, air blasé et clope au bec – avant de choisir nos potes, les Why Not, pour passer en intermède – reste un modèle du genre, dans le pur style des

1. Clin d'œil à l'émission culte « Âge tendre et tête de bois », d'Albert Raisner.

producteurs de province. Néanmoins, nous ne maîtrisions pas un certain nombre de paramètres, dont la sécurité n'était qu'un des facteurs les plus apparents, qui allaient nous ramener brutalement sur terre.

La veille du jour du concert, nous n'avons pas dormi de la nuit, d'autant que le manager des Stones était hébergé à la villa des Moreau où il avait réquisitionné le téléphone[1]. Courageux petits soldats, Claude et moi déployions une activité démesurée pour aplanir les derniers obstacles avant le concert. Ceux-ci semblaient se multiplier au fur et à mesure que l'heure approchait et touchaient de plus en plus à la sécurité. Des forces de police (CRS) avaient été réquisitionnées en raison du début d'émeute qui avait suivi, quelques jours auparavant, le concert à l'Olympia de Paris, et les assureurs commençaient à rechigner pour garantir les locaux. Pour bien comprendre la révolution que déclenchaient les Rolling Stones, il faut se souvenir qu'à l'époque les chanteurs et les groupes musicaux

1. Il laissa aux Moreau une note de téléphone de plusieurs milliers de francs, tandis que les Rolling Stones, installés au Ruhl, nous collèrent pour plus de 10 000 francs de communications téléphoniques.

– y compris les Beatles et les yéyés – se produisaient sur scène en smoking et nœud papillon, à la rigueur en costume cravate. Les Stones était le premier groupe à refuser les conventions vestimentaires et à se laisser pousser les cheveux sans brushing, ce qui était le comble de l'excentricité ! Quelques heures avant le début du concert, une foule compacte se pressait devant les portes vitrées de la salle, attendant l'ouverture avec impatience. Toute une jeunesse venue de Marseille et des alentours – électrisée par les derniers morceaux des Stones qui culminaient dans les hit-parades et emballaient les boums – qui n'avait qu'un mot à la bouche : *Satisfaction !* Claude et moi nous dépensions sans compter, courant de la scène au backstage, dans les coulisses et dans les loges. Tout à notre excitation, nous avions négligé l'essentiel, garder la haute main sur la billetterie et vérifier les caisses ! C'est l'aventure qui nous passionnait, pas les problèmes d'épicerie.

Le premier concert s'est plutôt bien déroulé. Les Stones sont en pleine forme : Mick Jagger s'enroule autour de son micro et provoque la foule en balançant du bassin ; Keith Richard, mince et concentré sur sa guitare, lance les riffs ; Bill Wyman joue sans bouger de sa place, mâchant imperturbablement son chewing-gum ; Brian Jones, frêle et blond, est déjà dans un autre monde[1] ; tandis que Charlie Watts, derrière son immense batterie, se démène pour qu'on dégage de son nuage[2]. Déjà les chaises commencent à craquer sous le poids des trépignements et des sauts des danseurs qui entendent, pour la première fois, *Time Is on My Side* et *Think*. Mais lorsque les premières notes jaillissent de la guitare de Keith, *I can't get no…* c'est le délire total. Des rangs entiers s'affaissent malgré les renforts que nous avions installés. Les spectateurs des premières places tentent d'envahir la scène, repoussés par les gorilles des Stones et les policiers qui ont été disposés derrière les barrières. L'atmosphère devient explosive lorsque le rideau se ferme sur les dernières notes de *Satisfaction*.

Une bonne partie des spectateurs refusent de quitter la salle alors que, dehors, quatre mille personnes trépignent en attendant qu'on rouvre les portes pour le deuxième concert. Alors qu'on essaye de faire sortir les récalcitrants par-derrière, la pression de la foule s'accentue devant la salle. Et soudain, dans un bruit de cataracte, une des vitres – heureusement en verre Securit – explose, proje-

1. Il mourra trois ans plus tard.
2. *Get Off of My Cloud.*

tant des centaines de petits éclats sur les spectateurs. La foule s'engouffre aussitôt dans la brèche. Impossible de contenir cette vague, qui emporte avec elle les contrôleurs et la sécurité. Les quatre mille nouveaux spectateurs officiels – certainement plus en réalité – s'ajoutent à ceux qui ont refusé de sortir. Les rangs de fauteuils et de chaises volent en éclat, les fans se juchent sur les débris, les filles hurlent hystériquement, des garçons s'empoignent... Si les organisateurs ne font pas quelque chose, c'est l'émeute. Et les organisateurs, ce sont Jimmy, Claude et moi. Il n'y a qu'une solution, commencer au plus vite le concert avant que la foule ne démonte la salle Vallier, pierre par pierre. Sous les hurlements de près de dix mille personnes debout, dansant sur les ruines de ce qui avait été une salle de spectacle, les Stones, par un riff d'enfer, entament leur deuxième concert marseillais.

Depuis les coulisses, nous assistons stupéfaits au succès phénoménal de notre œuvre. L'horreur m'envahit en voyant que tout le matériel de la salle est haché menu, mais je suis fasciné par le spectacle devant et sur la scène. Le bruit, les lumières et la fureur me laissent fébrile, mais empli de fierté devant ce monstre que nous avons enfanté. Comme pendant la première séance, c'est lorsque les Stones entament *Satisfaction* que tout bascule dans la plus extrême confusion. Les CRS se déploient entre la scène et les barrières contenant les premiers rangs de spectateurs. J'aperçois un garçon avec une chemise à fleurs[1] qui parvient à se glisser entre les barrières, vers le carré réservé aux journalistes et aux photographes et, avec l'aide de l'un d'entre eux qui lui fait la courte échelle, arrive à atteindre la scène. Il se précipite alors sur Brian Jones qui, surpris, rate un accord, et lui passe la main dans les cheveux, puis il fait la même chose à Mick, à Keith et à Brian, avant d'être poursuivi par deux gorilles. Pour leur échapper, il préfère sauter de la scène dans les bras des CRS qui le balancent sans ménagement dans la foule, par-dessus les barrières.

La scène n'a duré qu'une poignée de secondes mais aussitôt, une pluie de projectiles s'abat sur les policiers. Je vois distinctement le dossier plat d'une chaise s'envoler comme un Frisbee, passer au-dessus des CRS et atteindre Mick Jagger au-dessus de l'œil gauche. Le choc le fait trébucher, il porte la main à son front pour vérifier s'il saigne et recule au fond de la scène, écourtant le dernier morceau. Le rideau

1. Comme celle d'Antoine qui assurait la première partie.

tombe et restera fermé malgré les protestations et les supplications des fans. Je vais aussitôt au-devant de Mick pour constater les dégâts.

– You're OK, Mick ?

– *Fuck off ! They injured me !*

Mick Jagger s'en tirera avec un gros bleu et une coupure à l'arcade sourcilière, qui l'obligera à porter des lunettes de soleil, le lendemain pour les concerts – eux aussi bien mouvementés – au Palais d'Hiver de Lyon.

Exténués, vers deux heures du matin, alors que les derniers fans avaient enfin déserté la salle Vallier dévastée, Claude et moi partîmes nous effondrer sur nos lits respectifs, la tête farcie de musique et d'images irréelles. Le lendemain matin fut celui de la gueule de bois. Jimmy nous convoqua au siège de l'association. Il était d'humeur sombre. Les catastrophes s'enchaînaient les unes aux autres. Si le concert avait été une réussite « culturelle », il se révélait un gouffre financier. Les frais engagés avaient été énormes, mais auraient dû être largement compensés par les bénéfices engrangés grâce au succès de la manifestation. Mais voilà, une double billetterie avait permis à des aigrefins de s'emparer d'une grande partie de la recette ! Nous n'avions rien vu venir, notre inexpérience et notre naïveté servant de piètres excuses. Il nous fallait en outre rembourser le matériel endommagé par les spectateurs et dont nous étions responsables. Jimmy Guieu n'avait pas été plus avisé que nous et avait négligé de s'assurer convenablement. Résultat, les assurances refusaient de payer. De plus, Mick Jagger réclamait trente mille francs de compensation pour sa blessure, menaçant de nous faire un procès.

En tant que président de l'association Inter Jeunes « sans but lucratif », Jimmy a été reconnu responsable sur ses biens propres du fiasco financier qui en a résulté et du redressement fiscal qui a suivi. Ainsi la moitié de ses revenus – pour l'essentiel ses droits d'auteur – ont été saisis pendant des années. Mais jamais Jimmy ne nous a fait le moindre reproche. Tout au contraire, il s'est arrangé pour nous dédouaner, endossant avec classe l'entière responsabilité de cette mésaventure. Il nous a laissé le génial souvenir d'avoir organisé, à dix-huit ans, une pure folie rock'n'roll et nous a ouvert les portes du monde des adultes, avec ses pièges et ses dangers, mais aussi avec ses fascinantes « satisfactions ». Qu'il en soit remercié et que, là-haut, il erre en paix dans les espaces infinis !

Notre amitié, à Claude et moi, ne se bornait pas à organiser des boums et à persécuter nos professeurs. Heureusement. Basée sur une passion commune pour la *radiophonie*, elle était aussi beaucoup plus constructive et même exaltante et pu ainsi résister à la séparation que nous infligèrent nos parents, à la fin de la première, après notre renvoi de La Salle, afin que, chacun de notre côté, nous préparions notre bac en terminale. Cet éloignement forcé – nous fûmes dispatchés dans des boîtes à bachot de Marseille et j'échouai dans un certain Institut Borely – ne nous empêchait pas de nous retrouver durant le week-end, puis rapidement aussi pendant la semaine. Nous séchions les cours avec un savoir-faire issu d'une longue pratique, encouragés par le laxisme de ces gargotes, beaucoup plus intéressées par les mensualités versées par nos parents que par notre assiduité à leurs cours de rabâchage. S'il y eut un endroit où j'acquis la certitude que les études n'étaient définitivement pas faites pour moi, c'est bien dans ce genre d'établissement, caricature de l'enseignement privé.

Ma proximité avec Claude s'était aussi renforcée par des liens familiaux : ma petite sœur Anne était, c'est classique, tombée amoureuse du meilleur ami de son frère et sortait avec lui. Elle devenait, ipso facto, ma complice et une alliée vis-à-vis de notre mère ! Claude et moi avons donc continué à « bricoler » dans nos chambres respectives, tantôt chez l'un, quelquefois chez l'autre, nos fameuses émissions de radio qui, bien que nous n'ayons été diffusés qu'une seule fois lors de notre sélection sur France Inter, continuaient à nous passionner et à régaler nos copains de classe. Nous avions fabriqué un label tiré des premières initiales de notre nom la *MoFo*, en hommage à l'émission *Les Ardugos* qui nous avait rendus célèbres… dans le cercle familial. Notre grande spécialité – imitée des supercheries de Francis Blanche, qu'il signait de la petite phrase « Bonjour chez vous… » –, c'était le canular téléphonique. Ce gag fabriqué par et pour la radio n'a jamais cessé d'être utilisé d'une station à l'autre et continue encore aujourd'hui de faire le bonheur des auditeurs et d'exciter la fureur du capitaine Haddock : « Allô ! C'est la boucherie Sanzot ? »

Dans notre association, les rôles étaient bien répartis, Claude s'intéressait beaucoup plus à la technique, essayant de tirer le maximum de son magnétophone qu'il mixait avec son tourne-disque, ou en improvisant quelques lignes musicales sur son piano. Le son, la musique et les mixages le passionnaient, il « colorait » nos enregistrements et personnalisait chaque intervention d'un gimmick[1] de son invention. Quant à moi, j'étais le speaker, celui qui parlait dans le micro, soit pour annoncer les disques dont je débitais professionnellement les noms des interprètes, des musiciens, des paroliers, jusqu'à l'année d'enregistrement, soit pour faire les liaisons entre des séquences. J'assurais aussi les gags radiophoniques et une bonne partie des canulars téléphoniques. Claude garde précieusement les kilomètres de bande magnétique enregistrés à cette époque, que nous écoutons de temps en temps. Je suis chaque fois étonné de la maturité de ces pilotes, compte tenu du matériel amateur, et de la voix du speaker qui, en pleine mue, pouvait, sur la même bande, passer du plus aigu[2] au fausset tendance grave, provoquant un effet comique tout à fait involontaire.

Après avoir tutoyé les stars, il nous était bien difficile de redescendre sur terre, ou plus exactement en ce qui me concerne, à l'exaltation du bachotage dans l'Institut Borely. Ma mère, regardant le baccalauréat comme le Saint-Graal, ne tolérait aucune

1. Anglicisme tiré du Jazz : phrase musicale (ou visuelle) utilisée de façon récurrente.

2. Au point que, dans les gags téléphoniques, mes interlocuteurs m'appelaient *Mademoiselle,* ce qui m'agaçait beaucoup.

discussion à ce sujet, s'imposant même des restrictions pour continuer à me payer ces études indispensables. Comment lui en vouloir, son inquiétude pour mon avenir était suspendue à l'acquisition de ce parchemin qui, croyait-elle, me permettrait d'entamer de hautes études universitaires. Elle était d'autant plus irritée par mon manque d'intérêt pour les cours qu'elle savait que je n'étais pas bête et que son orgueil pâtissait des comparaisons avec d'autres enfants « moins doués que toi », et avec le parcours sans faute qu'effectuaient mes sœurs : « Tu n'as pas honte, toi l'aîné de la famille ? Tu sais comme ton père aurait voulu… » De guerre lasse, la fin de l'année approchant, je me mis à bachoter mollement, me disant qu'après tout, je pourrais réitérer mon exploit du BEPC et que cela ferait plaisir à ma mère. Mais les tentations étaient trop grandes pour Claude et moi. Nous avions goûté des fruits autrement plus exaltants que les fades sucreries de l'adolescence. D'autant que notre aventure avec les Rolling Stones tournait à l'épopée, depuis que les ennuis judiciaires de ce pauvre Jimmy étaient relatés dans la presse. Cela nous valait une réputation et un intérêt flatteur auprès de nos camarades et surtout des filles que, l'expérience aidant, j'étais parvenu à approcher de fort, fort près. Nous sortions beaucoup, ne travaillant que très peu, et, la date fatidique approchant, je compris que j'allais faire, une fois de plus, le désespoir de ma mère !

Le destin, ce farceur, avait décidé pourtant de me laisser une dernière chance. Elle survint deux jours avant l'examen par un coup de fil de mon copain Christian Rousset.

– Dis donc, il paraît qu'on peut avoir les sujets du bac. Il y a une secrétaire du rectorat qui a photocopié les épreuves. Tu peux les trouver au bar *Chez Pierre*.

À Marseille, tout est possible, c'est bien connu ! Claude et moi n'eûmes aucun mal, sans même une petite et malhonnête rétribution, à nous procurer les sujets des principales épreuves. Il nous restait une nuit pour nous préparer et être reçus au bac ! Nous décidâmes de potasser les sujets chez Christian et, en prévision de ce long et fastidieux travail nocturne, nous fîmes le plein de Bastos sans filtre, de bières et d'une bouteille de whisky. On commença d'abord par trinquer aux sujets et à notre bonne fortune, puis à la santé de la secrétaire du rectorat, en poursuivant nos toasts à l'intention de tous ces profs que nous allions niquer de belle manière. Puis les libations se succédèrent entrecoupées de rappel à l'objet de notre réunion, de plus en plus pâteux. Je ne sais pas si nous avons somnolé mais c'est incomplètement dessoulés que nous avons englouti force café dès sept heures du matin. Nous avons attendu l'ouverture des épreuves, affalés dans la 2 CV, en ricanant au spectacle de nos camarades, nettoyés de neuf et habillés comme pour la messe.

– De toute façon, ces sujets c'était du pipeau ! On aurait bossé pour rien !

Dans la salle d'examen, en découvrant le premier sujet, je sentis une sueur froide me couler dans le dos et me retournai pour jeter un coup d'œil à Claude, blafard : c'était exactement celui qu'on nous avait refilé *Chez Pierre.* Nous fûmes tous les trois recalés au bac. Je me suis interrogé plus tard sur cet acte manqué qui m'avait fait, avec mes amis, refuser l'obstacle. Mais n'était-ce pas la tricherie que j'avais refusée inconsciemment ? Je savais parfaitement que je ne méritais pas ce bac et que je le refusais comme j'avais rejeté les études. Je voulais réussir par moi-même, je ne voulais pas tricher avec la vie.

10.

Le passeport de maman

– Mais qu'est-ce que tu vas devenir, Jean-Pierre ?

Ce cri du cœur de ma chère maman me laissait un goût amer. Ma mère n'avait visiblement pas une haute opinion de mes capacités et je lui en voulais de manquer de confiance en moi, de manquer de confiance tout court ! Je ne connaissais rien de son existence. Elle était ma mère voilà tout, et je n'avais jamais éprouvé de curiosité pour son histoire. Même en découvrant, un jour, un « *Paszport de la Rzeczpospolita Polska* » au nom de Leska Pessa, Liba avec la photographie d'une jeune femme aux traits fins, aux grands yeux noirs sombrement cernés et aux cheveux noirs frisés, coiffés à la mode caniche, je n'avais pas tenté d'en savoir plus. Il faut dire que maman était peu prolixe sur son enfance et sa jeunesse, comme sur sa rencontre avec mon père. Et l'histoire de notre famille ne semblait avoir commencé qu'avec la naissance des enfants.

En revanche, je n'avais, moi, aucune crainte quant à mon avenir – cette confiance me venait de la conviction que j'arriverais, de toute façon, à faire quelque chose de ma vie. Je ne savais pas exactement quoi, mais j'étais persuadé que tôt ou tard je pourrais faire de la radio. C'était pour moi une certitude, la divine providence ou quelques bonnes fées qui se seraient penchées sur mon berceau et qui allaient exaucer mes vœux. Je n'étais d'ailleurs pas le seul armé de cette conviction, mes camarades aussi étaient mus par la même insouciance sur leur avenir. Avec le recul, j'admets volontiers que ce privilège, dont nous n'avions pas conscience, tenait pour beaucoup à notre génération : celle du *baby-boom,* née et élevée pendant les Trente Glorieuses[1]. Génération n'ayant connu ni la guerre, ni les privations, ni le chômage, tournée vers le futur avec confiance et douée d'un optimisme, d'un appétit et d'un culot à toute épreuve.

Je n'attendis pas les résultats du bac pour annoncer à ma mère que je l'avais raté et donc que je

1. Trente années – 1945 à 1973 – de forte croissance économique, qui ont permis le développement en Europe de la société de consommation.

n'irais pas à l'université, ce qui avait été son vœu le plus cher. Mes dispositions à m'exprimer et ma force de conviction lui avaient fait imaginer un moment que je pourrais faire mon droit et devenir avocat. L'idée que son propre fils puisse, un jour, défendre la veuve et l'orphelin lui paraissait un noble destin, elle qui avait manqué cruellement d'un tel soutien. Maintenant que j'avais tiré un trait définitif sur les études, je pouvais enfin déplier et voler de mes propres ailes. Je lui annonçai donc que je souhaitais qu'elle m'émancipe[1], afin de ne plus être ni sous sa responsabilité, ni à sa charge. J'avais dix-neuf ans, je voulais trouver du travail, avoir une vie d'adulte, d'autant que j'avais entamé une relation avec la jeune fille, Marie-José, rencontrée à l'association Inter Jeunes.

Je vécus cette émancipation comme une libération non seulement administrative, mais aussi émotionnelle. J'avais besoin de respirer un autre air et celui qui soufflait hors de la maison avait bien meilleur goût. Ma mère professait une philosophie de la vie qui me paraissait étriquée, conventionnelle, sans gaieté et où je sentais une inquiétude permanente et une angoisse devant l'avenir – le sien et

---

1. La majorité était alors à vingt et un ans.

celui des autres – que je ne m'expliquais pas. J'étais usé qu'elle ait aussi peu confiance en moi. Elle avait quelques raisons, c'est vrai, mais je ressentais confusément que c'était plus complexe que cela : ma mère n'avait plus confiance en la vie ! Et je n'avais qu'une seule peur, c'était qu'elle me contamine. Je connaissais beaucoup plus de choses sur ma famille paternelle, grâce à Tati, qui nous avait en partie élevés, et nous avait instruits sur notre lignée. En revanche, elle était restée très discrète sur celle de ma mère. Peut-être n'en savait-elle rien ? Les secrets des familles se transmettent de curieuse façon, comme s'ils avaient leur vie propre. Ils semblent avoir disparu, puis ressurgissent comme ces sources cachées qui jaillissent soudain, alors qu'on en a, croit-on, perdu le souvenir. Il n'y avait rien de honteux dans la vie de ma mère, mais une souffrance enfouie et une épouvante sous-jacente que, par pudeur, elle avait appris à dissimuler. Il aura fallu toute l'insistance de sa petite-fille, ma fille Virginie, pour qu'elle se décide enfin à raconter cette histoire, en 1999, et que je la découvre alors, cinquante-trois ans après ma naissance. Elle commence à Mogielnica, un village de Pologne, le 27 février 1916.

La neige recouvre la profonde vallée où se niche le village de Mogielnica, un petit bourg plus exactement, d'environ mille sept cents habitants dont une forte communauté juive de près de sept cents personnes. Comme c'est le cas dans plusieurs villes de Pologne, le quartier juif est situé dans les faubourgs de ce village, qui s'est développé au carrefour des routes de Lodz, Varsovie et Radom. Une implantation qui date de la fin du XVIIe siècle, comme en témoigne le vieux cimetière, qui dresse ses pierres dans une clairière de la forêt[1]. Les petites maisons de bois, où sont installées les familles, sont regroupées autour de la synagogue, et c'est dans la maison du boulanger que naît Pessa, la troisième fille de la famille Leska, qui comptera plus tard neuf enfants, six filles et trois garçons.

Le village est en plein développement, profitant de cette période de paix qui suit l'indépendance de la Pologne en 1918, et multiplie par trois sa population. Cette prospérité bénéficie également à la population juive, qui se développe parallèlement à la communauté catholique où méfiance d'une part et mépris de l'autre autorisent néanmoins une coha-

1. Le cimetière sera détruit par les nazis et les pierres tombales serviront à paver les trottoirs et les rues du village. La communauté juive russe a immigré, après les pogroms, en Ukraine et dans toute la Russie au XVIIIe siècle.

bitation précaire. Pour preuve, et c'est le premier souvenir marquant de Pessa, l'apparition de son père, le visage en sang, à la porte de la maison familiale. Sa mère qui se précipite, les cris, les voisins qui accourent, Szmul, son père assis sur une chaise, la tête en arrière, tandis qu'on lui tamponne le visage, ses frères et sœurs qu'on tente d'éloigner dans une autre pièce... L'émotion, le rabbin qui s'est déplacé en personne, les hommes en redingote qui chuchotent entre eux, les femmes qui s'émeuvent... Enfin, le blessé raconte : sa promenade quotidienne auprès de la rivière pour rechercher un peu de fraîcheur après la fournaise du fournil ; le paysan polonais ivre qui titube sur le pont, sa bouteille de vodka à la main, les yeux injectés, la bouche qui se tord « Sale juif ! » ; la bouteille qui vole et vient lui casser le nez. Szmul qui se contrôle, étanche son sang avec son mouchoir, et s'en retourne chez lui sous les injures du poivrot. L'antisémitisme jusque-là larvé prospère chaque jour davantage en Pologne et jaillit souvent de manière soudaine et violente, poussant les juifs à rester entre eux pour se protéger, ce qui favorise le communautarisme et l'exclusion. Mogielnica n'est pas différent des autres villes de Pologne où les juifs ne sont pas considérés comme de véritables Polonais. Ils y sont justes tolérés.

Le savoir-faire de Szmul devant son four donne pourtant une certaine notoriété à la petite boulangerie-pâtisserie des Leska, où se pressent non seulement les gens du quartier et les habitants du village, mais aussi des environs. C'est avec émotion et ravissement que Pessa se souvient de l'arrivée en calèche d'une comtesse de la région, venue chercher des brioches emmitouflée dans sa somptueuse fourrure avec son bonnet assorti. De son père, qui s'avance au-devant d'elle, son bonnet à la main et de sa mère, Rozia, qui apporte les délicieuses pâtisseries encore chaudes, recouvertes de sucre caramélisé, et enveloppées dans du papier de soie. Pessa et ses sœurs, accoudées à la fenêtre de la petite maison, commentent avec des yeux ronds l'élégance et le raffinement de cette bienveillante aristocrate, dont les atours feront, pour les petites filles, d'interminables sujets de conversation. D'autres belles dames de l'aristocratie viennent, elles aussi, chercher du pain et des pâtisseries dans la boutique où Rozia, dont la beauté et la sveltesse n'ont pas été abîmées par ses nombreuses grossesses, les sert avec grâce, virevoltant sur ses pieds si petits qu'il fallait lui confectionner des chaussures sur mesure.

Pessa, comme ses frères et sœurs, fréquente l'une des deux écoles primaires du village, où elle se distingue en calcul et, après l'étude, joue sur le chemin avec ses camarades avant de rentrer à la maison pour aider sa mère. Glissades et boules de neige en hiver, baignade en été, dans la rivière que, bonne nageuse, elle traverse en nageant sous l'eau. À la maison, les grandes s'occupent des petits et du ménage, tenant propre la maison de trois pièces où chaque lit peut abriter jusqu'à trois locataires. Sur le fourneau bout la soupe au chou, à la manière polonaise, et les filles ajoutent, au fil de la journée, des pommes de terre, des carottes et tous les légumes du potager ; quelquefois un morceau de viande de bœuf, qui fait les gros yeux à la surface du bouillon. L'odeur du chou imprègne toute la maison, et même la rue, et le village entier, mais personne ne la sent plus, tant elle fait partie de l'air que respire Mogielnica. La maison est accueillante, toujours pleine d'enfants et de jeunes, qui profitent de l'absence des parents pour s'amuser à l'intérieur. Mais le retour de Szmul, venu se reposer après sa nuit de travail, signe le départ de tout ce bruyant groupe. Pessa emporte alors sa mandoline en bandoulière et la bande de jeunes parcourt les rues en chantant.

Le jour de Pâques est une fête particulière. Ce jour-là, chacun des enfants reçoit quelque chose de neuf, pour les filles une nouvelle robe, un châle, une

paire d'élégantes chaussures ; pour les garçons un costume, une chemise brodée ou un chapeau. Les parents se mettent à la fenêtre avec fierté pour voir sortir leurs enfants et la rue se remplit de jeunes déambulant gaiement en habits de fête. Le soir, pour célébrer Pessah, toute la famille se réunit et récite les textes du Hagada, qui commémorent la Fuite d'Égypte et l'émancipation du peuple juif. Dans la boutique et la maison du boulanger, on a traqué toutes les miettes de *hamets,* le pain levé, et Szmul a soigneusement nettoyé son four avant de faire cuire les *matzoth*, les galettes de pain *azyme* que les juifs ont emportées, jadis, dans la précipitation de leur départ. C'est par dizaines de kilos que, ce jour-là, le boulanger fournit en galettes toute la communauté.
« Mon enfance s'est donc passée ainsi, heureuse, dans notre famille, ni riche ni pauvre... Nous ne manquions de rien et ce que nous avions nous suffisait. »

La première à quitter la famille, c'est Anna, la sœur aînée, comme le veut la tradition. Elle épouse, en 1936, Mathys, un jeune homme du village dont les parents possèdent un restaurant. Mathys a des ambitions, pas question de reprendre la gargote familiale, il veut partir à l'étranger. Il rêve de s'installer en Belgique, à Anvers où l'antisémitisme n'existe – presque – pas et où la vie, baignée des *moiteurs océanes,* est moins rude que sous le dur climat continental. Mathis parvient à obtenir la gérance d'un magasin de produits frais à Anvers, et les jeunes mariés quittent la Pologne pour s'installer en Belgique. Pessa, qui ne quitte jamais le village, sauf pour de rares escapades à Varsovie où sa tante tient un magasin de légumes, brûle de suivre les pas de sa sœur.

C'est déjà toute une aventure pour la petite provinciale d'aller à la capitale, distante d'une cinquantaine de kilomètres. Il faut prendre le train, puis le tramway, pour arriver dans le quartier juif de Varsovie, au centre de la capitale. C'est l'un des quartiers les plus populaires de la ville, les échoppes se succèdent, et tous les corps de métiers proposent leurs services. Dans la rue, des charrettes débordent de fruits et légumes. Au coin d'une rue, un violoniste en smoking rapiécé joue du Strauss sur un violon soigneusement entretenu. Un petit groupe d'hommes en manteau noir, un châle de prière sur les épaules, se hâte vers la synagogue, parlant fort en yiddish, en battant l'air avec de grands gestes. Les automobilistes klaxonnent en invectivant les cochers, qui répondent par un torrent d'injures. Pessa saute sur le trottoir en soulevant sa longue jupe pour ne pas la salir dans la boue du ruisseau. Elle jette des coups d'œil curieux aux vitrines des modistes et suit du regard, dans la rue, les élégantes Polonaises à la taille de guêpe et portant un chemisier brodé qui fait ressortir tous les avantages de leur silhouette. Elle ne rêve que de partir, elle aussi et, pour éviter d'être retenue au village, rejette tous les prétendants qui se déclarent.

Enfin, en 1938, sa sœur et son mari souscrivent à ses prières. Après une petite fille, Paulette, Anna accouche d'un beau garçon, Maurice. Toute aide au magasin serait la bienvenue. Pessa, qui ne pense qu'à partir, fait aussitôt une demande de passeport auprès des autorités. Les formalités sont longues et tatillonnes, mais la réputation de Szmul le boulanger et les bonnes relations qu'il entretient avec l'administration facilitent les choses. Pessa obtient bientôt son visa d'émigration. Il est vrai qu'à l'époque, les autorités polonaises ne se roulent pas par terre pour retenir les juifs polonais qui veulent quitter le pays ! Et c'est d'une main tremblante qu'elle signe son passeport tout neuf, sous sa photo, où le pli réjoui de sa bouche montre déjà toute sa détermination. Au moment de faire ses adieux à ses parents, en embrassant ses frères et ses sœurs, comment Pessa pouvait-elle se douter qu'elle ne les reverrait jamais plus ?

Son père et sa mère ne sont pas non plus mécontents de la voir partir. Ils savent qu'il n'y a pas d'avenir à Mogielnica, ni en Pologne d'ailleurs, pour les juifs, alors que depuis 1933, dans l'Allemagne voisine, le nouveau chancelier Adolf Hitler a commencé les persécutions contre les juifs allemands. Pessa est bien loin de toutes ces considérations. Elle profite de ce sentiment d'extrême liberté qui lui fait battre le cœur lorsqu'elle saute d'un pas agile, sa valise à la main, dans le train qui l'emmène vers Bruxelles, via Berlin. Dans son compartiment, un homme bien habillé et courtois, « un monsieur comme il faut », l'aide à placer son maigre bagage dans le filet au-dessus de sa tête et lui propose de s'installer près de la fenêtre. Avec un à-coup, le train s'ébranle, tandis que la locomotive lance à trois reprises son cri dans un panache de fumée. Ça y est, elle est partie. Le nez collé à la vitre, elle ne veut rien perdre de son voyage, le plus long qu'elle ait jamais fait de toute sa vie. Pessa a vingt-deux ans et, pour elle, Anvers n'est qu'une étape, elle espère traverser l'Océan pour l'Amérique et pourquoi pas l'Argentine, où des cousins éloignés l'accueilleront… un jour.

La traversée de la frontière, à Francfort-sur-l'Oder, se passe sans encombre et Pessa découvre l'Allemagne nazie avec, à chaque gare, de grands drapeaux rouge et noir frappés de la croix gammée. La jeune fille est impressionnée par le nombre d'uniformes qu'elle aperçoit. Il semble que tous les Allemands, même les enfants, soient enrôlés. Les femmes qui accueillent les citoyens allemands « déplacés[1] » dans chaque gare, distribuant boissons et nourriture, portent elles aussi le svastika à côté de la Croix-Rouge ; et des soldats, leurs paquetages impeccablement alignés, attendent en armes des trains militaires. À la gare de Berlin, le train de Pessa croise des convois interminables, qui transportent des chars sur des wagons à claire-voie. Même une petite Polonaise tout juste sortie de son village comprend que l'Allemagne prépare la guerre et elle plisse son front en voyant, de chaque côté des voies, des ouvriers en uniformes, s'affairant autour d'énormes machines qui coulent dans la campagne des tonnes de béton.

Plus le train de Pessa progresse vers Aachen[2], la ville frontière avec les Pays-Bas et la Belgique, plus

1. Hitler a battu le rappel des Allemands hors des frontières du Reich. Ce déplacement de population s'accentuera après la signature du pacte germano-soviétique.
2. Aix-la-Chapelle, en français.

la présence militaire s'intensifie. Aachen ressemble à une ville fortifiée. Des soldats, tenant en laisse des bergers allemands, patrouillent le long des voies ; des véhicules blindés sont disposés aux carrefours et des drapeaux nazis recouvrent le moindre bâtiment officiel. À la gare d'Aachen, un rang de soldats est aligné sur le quai, tandis qu'une dizaine d'hommes en civil, revêtus de longs manteaux de cuir, montent dans les voitures, escortés de soldats armés. Pessa sent des frissons la parcourir, elle a la chair de poule, et tourne les yeux vers son voisin de compartiment, qui n'a pas cessé d'observer par la fenêtre ce qui se passait à l'extérieur. L'homme lui sourit gentiment, mais, déjà, les hommes en cuir pénètrent dans le wagon : « *Papeer, bite !* » Pessa n'ose pas les regarder en face, elle tend son passeport en fixant la petite croix gammée en argent que l'homme porte à son revers.

– Pas de visa pour la Belgique, dit-il en mauvais français.

– Non, répond Pessa, qui comprend un peu. Je ne savais pas qu'il en fallait un. Je vais rejoindre ma sœur, elle m'attend à Bruxelles.

L'homme se tourne vers son collègue, qui vient de vérifier les papiers de l'autre voyageur, il grommelle quelque chose en allemand, où Pessa distingue le mot « *Juden* ». Elle sait ce que ça veut dire.

– Prenez vos bagages et venez avec moi !

Les deux policiers poursuivent leurs vérifications, tandis que Pessa descend sur le quai, sous la garde d'un soldat. Au moment où elle a quitté le compartiment, son compagnon de voyage l'a regardée droit dans les yeux, essayant de lui communiquer un peu de courage. Les policiers ont confisqué son passeport, mais ne l'ont pas mise en prison, se contentant de l'interroger dans une arrière-salle. Puis, ils la laissent là, dans le buffet de la gare, semblant soudain se désintéresser d'elle. Pessa est impuissante. Sans passeport, elle ne peut circuler librement. Et comment prévenir sa sœur et son beau-frère, alors qu'elle est coincée si près du but ? Elle somnole sur une chaise, réveillée en sursaut par les trains qui hurlent dans la nuit, les va-et-vient incessants des soldats et le bruit de leurs bottes sur le sol. Au petit matin, elle s'écroule sur une table et dort profondément quelques minutes. Lorsqu'elle s'éveille un monsieur est devant elle, il tient son passeport à la main.

– Mademoiselle Leska, j'appartiens au Consulat de Belgique. J'ai été prévenu par Bruxelles de votre situation. Je vous ai établi un visa, vous allez pouvoir repartir par le prochain train.

Seules sa timidité et sa bonne éducation empêchent Pessa de se jeter au cou de son sauveur. Elle le remercie, des larmes dans les yeux. Juste avant de s'endormir, elle s'était résignée à retourner à Mogielnica, s'attendant à être expulsée vers la Pologne. Quelques heures plus tard, elle débarque sur le quai de la gare de Bruxelles, où elle aperçoit son beau-frère, juché sur une caisse, qui scrute la foule des voyageurs.

– Mathys ! Mathys ! hurle Pessa.

Après les embrassades, Mathys lui raconte qu'elle doit son salut à un homme qui a voyagé dans le même compartiment. La veille, à son arrivée à Bruxelles, il a attendu que les quais se vident pour repérer un jeune homme inquiet, espérant vainement.

– Attendez-vous une jeune fille, brune, polonaise ?

– Oui, ma belle-sœur ! Que s'est-il passé, elle devait arriver par ce train. Vous l'avez vue ?

– Oui, elle a été arrêtée à la frontière d'Aachen, elle n'avait pas de visa. Il faut que vous lui en procuriez un de toute urgence, avant qu'elle ne soit expédiée… on ne sait où !

Mathis ne perd pas de temps pour effectuer toutes les démarches nécessaires. Il harcèle le bureau des visas, insistant sur l'urgence de sortir de Aachen une jeune Polonaise juive. L'administration belge, sensibilisée au sort des juifs en Allemagne, agit rapidement et efficacement. Pessa est sauvée. « Qui sait le tournant qu'aurait pris ma vie, si ce monsieur n'avait pas été dans mon compartiment ? »

Pessa s'installe dans sa nouvelle vie à Anvers, elle aide son beau-frère au magasin, apprend le flamand et se fait gentiment courtiser par les clients, pour la plupart des juifs en houppelande et papillotes, du quartier des diamantaires. Le magasin est bien placé et bien achalandé, et Pessa se sent bien dans cette ville ouverte, moderne et industrieuse, où cohabitent, dans le respect des affaires, protestants, catholiques et juifs. Elle se fait des amies et, après le shabbat, les jeunes filles se promènent dans les rues commerçantes qui lui rappellent par leur animation le quartier juif de Varsovie. Ce bonheur est pourtant gâché par les mauvaises nouvelles qui parviennent d'Allemagne et de Pologne. En Allemagne, les juifs, victimes des lois de Nuremberg, sont peu à peu exclus de la vie sociale allemande et incités à quitter le pays. L'accumulation d'interdictions les transforme en parias. Les plus riches réussissent facilement à émigrer, mais une grande partie plus pauvre ou isolée et sans relations ne peut s'enfuir.

Ils seront parmi les premiers déportés vers les camps « de travail », où il n'est plus possible d'avoir de leurs nouvelles. La communauté juive d'Anvers suit avec angoisse le développement de l'idéologie antisémite en Allemagne, comme dans une grande partie de l'Europe. Pour Pessa, sa belle-famille et tous les juifs polonais, elle se double d'une terrifiante nouvelle : le 1er septembre 1939, les armées nazies envahissent la Pologne, annexant une partie de son territoire ! Huit mois plus tard, le 10 mai 1940, l'Allemagne envahit simultanément la Belgique, les Pays-Bas et le Luxembourg. Les troupes allemandes sont aux portes d'Anvers.

11.

Juste parmi les Nations…

J'ai reçu la lettre un an, jour pour jour, après la mort de ma mère, décédée le 12 octobre 2008, elle venait de fêter ses quatre-vingt-douze ans. L'institut Yad Vashem[1] m'informait que la médaille de Juste parmi les Nations[2] avait été décernée à mon père, à titre posthume, pour avoir sauvé entre autres la vie de Pessa Leska, ainsi que celle de son neveu Maurice et de sa nièce Paulette. Je n'étais plus un enfant depuis bien longtemps, mais, soudain, une immense bouffée d'émotion m'a submergé. J'ai été obligé de m'asseoir, ne pouvant tenir debout, et mes yeux se sont remplis de larmes, qui coulaient sur mes joues sans que je puisse les retenir. Une céré-

1. Institut commémoratif des martyrs et héros de la Shoah, créé à Jérusalem en 1953.

2. La plus haute distinction civile israélienne décernée à des personnes non-juives qui ont aidé, au péril de leur vie et sans condition, des juifs persécutés par les nazis.

monie solennelle fut organisée par mon ami Jean-Claude Gaudin à la mairie de Marseille ; le diplôme et la médaille me furent remis par le consul d'Israël et le représentant de l'Institut. Depuis, elles sont placées sous verre, dans mon bureau à côté de la porte, si bien que je les vois chaque fois que j'en sors et je me surprends souvent à les caresser du doigt, en un geste qui rappelle celui des juifs pieux qui, en quittant leur domicile, touchent la mezouzah fixée sur le chambranle de la porte.

Ce geste n'a pour moi aucune connotation religieuse, c'est un hommage à mon père, comme lorsque, enfant, j'allais toucher les derniers objets qu'il avait maniés avant son départ. Cette médaille, où est gravée la phrase sublime tirée du Talmud : *Qui sauve une vie, sauve l'univers tout entier*, recèle une terrible charge émotionnelle. C'est la preuve si longtemps espérée que mon père, s'il est mort pour rien, n'a pas vécu pour rien. Cette médaille a nettoyé mon esprit de toutes les scories, de ces noires pensées accumulées après l'infamie de cet assassinat anonyme. Elle m'a sauvé en chassant définitivement de ma tête cette lancinante question : Pourquoi ? Ma mère, en acceptant enfin de raconter l'histoire de sa vie avait déjà répondu à une partie de la question : Comment ? Ce que n'avait jamais eu le temps de faire mon père. Et me revient en mémoire cette scène oubliée, où j'avais découvert dans le fond d'un tiroir une médaille frappée d'une croix de Lorraine et surmontée d'un ruban noir et rouge[1].

– Qu'est-ce que c'est, papa ?

– Oh ! La médaille de la Résistance. Je te raconterai un jour...

Il n'a pas eu le temps de le faire et ce n'est que plusieurs dizaines d'années plus tard que j'ai su ce qu'il avait fait en écoutant le récit de maman.

1940. La panique s'empare de la communauté juive d'Anvers, surtout parmi les nombreux étrangers qui ont déjà quitté leur pays, sous la pression des mesures raciales, et qui voient se rapprocher les troupes allemandes. Pessa, qui n'a pas de papiers en règle – son visa est périmé depuis longtemps –, décide, sur les conseils de sa sœur et de son beau-frère, de fuir la Belgique pour la France. Eux, qui sont officiellement résidents belges, préfèrent rester... Pour le moment.

Pessa et une amie à elle dans la même situation fourrent quelques vêtements dans un sac, des pro-

1. Médaille de la Résistance, instituée à Londres, en 1943, par le général de Gaulle.

visions et, avec quelques francs en poche, prennent la route, rejoignant l'immense cortège de réfugiés qui fuient les combats. Les deux jeunes filles n'ont qu'une idée, fuir. Elles suivent la foule en mouvement. « On avançait, on ne savait pas où, mais l'important c'était d'avancer. » Au bout de deux jours de marche, alors qu'elles se reposent sur le bas-côté de la route, regardant les privilégiés en voiture qui empruntent la chaussée sur une file, Pessa aperçoit, surprise, la camionnette de son beau-frère. Mathys, sa femme et leurs deux enfants se sont finalement décidés à eux aussi partir au moment où les Allemands s'emparaient du port stratégique d'Anvers. Ils n'ont pas eu de mal à rattraper Pessa. La famille reconstituée avance péniblement, portée par cet exode qui a jeté sur les routes un fleuve humain de familles entières, poussant, portant, tirant, traînant les plus invraisemblables véhicules, où s'entassent baluchons, valises, paquets, ustensiles de cuisine, et même des animaux. On y parle toutes les langues, c'est l'Europe entière qui fuit droit devant elle, animée par la volonté farouche de survivre.

L'après-midi même, alors qu'ils ont garé la voiture dans un champ pour prendre un peu de repos, des avions mitraillent les civils, une volée d'obus s'abat sur eux. Pessa et les siens en sortent indemnes, mais, à quelques mètres de là, une famille a été touchée de plein fouet et les corps martyrisés des parents et de leurs enfants gisent dans l'herbe dans les positions obscènes de la mort violente. Une image qui se gravera à jamais dans l'esprit des rescapés. La frontière française est néanmoins franchie, gardée par des troupes abasourdies qui regardent, stupéfaites, s'écouler ce torrent humain qu'elles sont incapables de canaliser ; comme elles seront impuissantes à endiguer la force brutale qui le talonne. La famille descend plus loin et s'enfonce dans la campagne française sous la chaleur du mois de juin. La panique qui a poussé Mathys et sa famille à fuir désespérément se calme au fur et à mesure que les combats s'éloignent et que la situation semble se stabiliser. En France, le maréchal Pétain a décrété le cessez-le-feu et, trois jours plus tard, il signe l'armistice avec Adolf Hitler. Toute la famille décide de retourner à Anvers pour y retrouver l'appartement de la rue Steenbok. Les semaines de fuite ont éprouvé Anna et les enfants et, malgré les risques, Mathys espère pouvoir rouvrir rapidement sa boutique.

Quant à Pessa, elle est bien décidée à quitter définitivement l'Europe pour réaliser son rêve : traverser l'Atlantique et s'installer en Argentine, à Buenos Aires. Elle parvient à se faire établir un certificat de résidente belge par la Sûreté d'Anvers et, munie de cette unique pièce d'identité, arrive jusqu'à Paris. Elle est hébergée provisoirement par un couple originaire de Mogielnica, qui lui donne l'adresse d'un certain M. Falek, habitant Marseille. Pessa rejoint alors la gare de Lyon en direction de ce port méditerranéen d'où partent les bateaux vers l'Amérique du Sud. Juste avant de prendre le train, elle apprend que son cousin Sam est lui aussi à Marseille, et qu'il viendra la chercher à l'arrivée. Elle franchit sans encombre la ligne de démarcation et se croit tirée d'affaire, mais elle déchante en arrivant à la gare Saint-Charles : la Gestapo a installé une souricière au terminus de la ligne Paris-Marseille. Les soldats SS entravent le quai avec chiens et barrières, juste à la sortie, et contrôlent scrupuleusement les papiers des voyageurs avant de les laisser entrer en zone libre. Pessa, poussée par les autres voyageurs, progresse vers le contrôle, sa dérisoire carte à la main et, soudain, elle aperçoit son cousin derrière le cordon de soldats SS. Elle lève le bras et, sans tenir compte des agents de la Gestapo, interpelle son cousin un grand sourire plaqué sur son visage…

– Sam, Sam !

Et, par l'un de ces concours de circonstances inexplicables, elle se faufile entre deux soldats sans qu'on vérifie ses papiers. Elle est passée ! Elle se précipite vers Sam, qui l'attrape par le bras et l'entraîne vivement loin du contrôle.

Ma mère va habiter quelque temps chez Sam, réfugié à Marseille avec sa famille, et prend contact avec ce M. Falek, qui doit l'aider à embarquer sur un bateau en partance pour l'Argentine. Celui-ci a de bons contacts au port maritime, où il travaille pour une petite société d'import-export dont le patron s'appelle Marcel Foucault. Pessa fait ainsi la connaissance de Marcel, qui est tout de suite sensible au charme de la jeune et jolie Polonaise. Marseille, dans les premiers temps de l'occupation, étant situé en zone libre, attire les réfugiés, dont de nombreux juifs étrangers qui viendront grossir la communauté marseillaise. Le trafic maritime permet, grâce à ses filières clandestines, d'en exfiltrer une partie jusqu'en 1941, date à laquelle seront promulguées les lois antisémites de Pétain : les juifs doivent se faire recenser et nombre de professions leur sont désormais interdites. En 1942, à la suite du débarquement des alliés en Afrique du Nord, les Allemands envahissent la zone libre. Marseille se transforme en piège. La police française, sous les ordres de Bousquet, organise, avec les Allemands, la destruction des vieux quartiers et planifie des rafles systématiques dans toute la ville, qui se traduisent par l'arrestation de deux mille juifs qui seront déportés.

Mon père adhère au réseau Combat dès 1941, où il est chargé des transmissions, des faux papiers et de la constitution de dépôts d'armes. Il est bien placé pour savoir ce qui se mijote et décide de mettre Pessa à l'abri en lui fournissant une fausse identité. Ainsi devient-elle Paulette Lefebvre, née à Brive-la-Gaillarde. Malheureusement, Paulette a bien du mal à parler le français – qu'elle apprend en accéléré chez Berlitz – et son terrible accent la trahit dès qu'elle ouvre la bouche. Marcel lui trouve une pension discrète dans le quartier de La Rose et lui recommande de ne pas mettre les pieds dehors.

Maman reçoit entre-temps des nouvelles de sa sœur Anna qui, avec son mari et ses enfants, s'est réfugiée à Lyon. Puis la famille a cru bon de s'installer dans un village près de Chambéry, Aiguebelette-le-Lac, pensant qu'elle y serait mieux à l'abri. Pessa, malgré le danger, leur rend fréquemment visite, grâce à un laissez-passer que lui procure Marcel. Ma mère est inquiète que sa sœur se soit réfugiée dans un si petit village où elle court plus de risques d'être repérée et dénoncée que dans l'anonymat d'une grande métropole. Elle insiste pour qu'elle vienne la rejoindre à Marseille. En vain. Et, un matin, les Allemands débarquent dans le village. Anna, pensant qu'ils ne recherchent que les hommes, demande à son mari de s'enfuir. Mathys saute par la fenêtre et disparaît dans la campagne. Ils ont été dénoncés, les nazis ont une liste où leurs deux noms figurent, mais, inexplicablement, pas ceux des enfants. Les Allemands embarquent donc Anna, laissant Maurice et Paulette, alors âgés de quatre et sept ans, seuls dans la maison. Une voisine, Mme Patate, chez qui loge ma mère lorsqu'elle vient rendre visite à sa sœur, recueille les enfants et lui expédie aussitôt un télégramme à son adresse : *Sœur déportée, enfants seuls, arrivent Marseille train de 18 heures.*

Lorsque Marcel court à la gare Saint-Charles, il trouve les deux enfants en pleurs sur le quai, ne sachant pas où ils sont, terrifiés et… pieds nus. Ils ont été dépouillés de leurs chaussures dans le train ! Maurice et Pessa recueillent les enfants à La Rose et entament des recherches pour retrouver la trace de leur mère. Après de multiples démarches, Marcel parvient à savoir qu'Anna fait partie d'un train de déportés vers l'Allemagne qui doit partir de la gare de Lyon-Perrache. Bravant tous les périls, Pessa décide d'y aller pour tenter de voir sa sœur et lui faire savoir qu'elle a pu récupérer ses enfants. Le spectacle qu'elle découvre à la gare est dantesque. Des centaines de gens se pressent, essayant d'apercevoir un proche, parmi les colonnes de femmes et d'enfants, canalisés par un double cordon de soldats allemands, qui avancent en titubant. Les enfants pleurent, accrochés aux jupes de leurs mères. Les femmes tentent d'emporter l'image d'un visage aimé, poussées à coups de crosse lorsqu'elles s'attardent un bref instant. Des baluchons mal noués se déversent sur le quai et, tandis que leurs propriétaires se risquent à ramasser leurs pauvres biens, des dizaines de chaussures les piétinent. Petit à petit, les wagons de marchandises se remplissent et, devant les minuscules fenêtres barrées de barbelés, des visages hagards se pressent. Puis les lourdes portes glissent, les verrous s'enclenchent et claquent dans un sinistre écho. Pendant quelques secondes, la foule reste sans voix. Profitant de ce répit, Pessa se met à hurler : « Anna, Anna, j'ai les enfants ! J'ai les enfants ! » Puis ses cris sont de nouveau noyés par les hurlements de la foule, lorsque les freins se desserrent dans un chuintement atmosphérique et que le train s'ébranle, inexorablement. Sur le quai, ne restent plus que des vêtements maculés, des papiers qui s'envolent, quelques photos, des valises éventrées et des jouets abandonnés. Durant toute sa vie, Pessa espérera, au fond de son cœur, qu'Anna – qui mourra au camp de Buchenwald – a entendu son cri, emportant un peu d'espoir au fond de l'enfer.

Marcel décide d'éloigner les enfants, les fait baptiser par précaution, leur fournit de faux papiers et les cache l'une chez les sœurs, l'autre chez les curés[1]. Des rafles inopinées se produisent de plus en plus fréquemment, organisées par la police et la gendarmerie françaises, qui bloquent parfois les deux extrémités d'une rue, prenant au piège tous les passants. Malgré tout, Pessa, qui supporte mal d'être enfermée, sort pour faire des courses ou se promener au soleil et manque plus d'une fois de se faire arrêter. Mais c'est Marcel qui va l'être. L'une de ses employés est juive française et refuse de porter l'étoile jaune. Marcel fournit encore de faux papiers d'identité, mais la jeune femme est dénoncée, arrêtée par la police et avoue lors de son interrogatoire que c'est son patron qui les lui a fournis. Marcel

1. Après la guerre, Maurice et Paulette seront récupérés par leur père, Mathys, qui a survécu en rejoignant le maquis. Ils partiront ensuite s'installer en Argentine et aux USA, restant toute leur vie en contact avec nous et maman, l'ultime lien précieux avec leur mère, dont ils ne se rappelaient plus.

est aussitôt interpellé, passé à tabac, puis incarcéré pour avoir aidé un juif. Heureusement, la police française ne se doute pas qu'il appartient à un réseau de résistance et que c'est lui le faussaire.

Ma mère, toujours cachée à La Rose, n'est pas inquiétée. Elle va se battre pour faire sortir Marcel, en faisant intervenir son avocat et ami, Me Ruggieri, qui plaide que son client a simplement voulu rendre service à son employée. Il parvient à le faire libérer après quinze jours de geôle. Son chef de réseau, Henry Aubry, qui dirige maintenant le Mouvement unifié de la Résistance dans le sud de la France, préfère que Marcel s'éloigne temporairement de Marseille. Ainsi, mon père et ma mère, qui ont décidé d'unir leurs destinées, bravant les convenances, s'installent ensemble à Annemasse, en Haute-Savoie. Mon père, Marcel Foucault, tout en gérant ses affaires, continue à participer au ravitaillement du maquis au plateau des Glières et aux filières clandestines de passage en Suisse. Mes parents vont rester à Annemasse jusqu'à la fin de la guerre, où Pessa vit dans l'angoisse les derniers mois d'occupation alors que la Milice, sentant la fin prochaine, se déchaîne, notamment en Savoie, contre les résistants.

Le combat fratricide est d'une extrême cruauté, qui oppose des Français à d'autres Français. Les maquisards qui occupent le plateau des Glières sont devenus un enjeu entre Pétain et la Résistance. En 1944, un millier d'hommes des forces de la Milice et de la police de Vichy, appuyés par quatre mille soldats allemands, attaquent cette forteresse naturelle, héroïquement défendue par quatre cent cinquante maquisards. Mon père, qui avait des amis au maquis des Glières qu'il ravitaillait régulièrement, fut, selon ma mère, très affecté par la mort de cent vingt de ses compagnons, lors des combats, puis en déportation ou fusillés. Même la grande joie de la Libération, qui fut une délivrance pour mes parents, fut ternie par la mort d'un de leurs amis, Francis Naville, considéré à tort comme un pétainiste, fusillé sur la place du marché d'Annemasse lors de l'épuration. Mon père, prévenu trop tard, ne put intervenir et le blanchir, au désespoir de sa fiancée Hélène, la meilleure amie de maman. En 1946, papa, qui avait repris ses activités, fut décoré de la médaille de la Résistance. Avec modestie et voulant tourner la page de cet épisode de sa vie, il enferma la médaille et sa citation dans un tiroir et n'en parla plus[1]. Le silence

1. La citation dit : « *Marcel Foucault, résistant depuis 1941, a milité à Petites Ailes, à Vérité, à Combat puis au MUR...* »

sur ce morceau fondamental de leur existence s'installa définitivement et ne fut rompu par maman que quarante ans plus tard. Sans lui en faire directement le reproche, je l'ai interrogée alors sur ce mutisme étonnant à propos de notre histoire familiale. Elle éluda en évoquant leur mariage, le 22 mars 1947, puis ma naissance, huit mois plus tard, le retour à Marseille où ils avaient acheté leur maison à Bonneveine, l'arrivée de ma sœur Anne, puis de ma sœur Françoise...

Bref, la vie avait repris son cours, et il fallait laisser les morts enterrer les morts. Ce fut l'attitude de nombreux juifs, même de ceux miraculeusement réchappés des camps. Le silence comme seul remède à l'innommable barbarie. Juste après-guerre, maman fit des recherches pour connaître le sort de sa famille. Chaque découverte constitua un pas de plus dans l'horreur et je comprends mieux pourquoi elle préféra tirer le voile du silence. C'était un voile de deuil. À Mogielnica, le quartier juif avait été transformé en ghetto, peu de temps avant l'annexion de la Pologne et la promulgation des lois allemandes antisémites. La vie devenait de plus en plus difficile pour la famille du boulanger, qui n'avait presque plus de farine pour cuire son pain. La malnutrition, les privations et le manque de médicaments coûtèrent la vie à Rozia, ma grand-mère. Cela lui permit d'échapper au massacre et d'ignorer ce qu'il allait advenir de sa famille…

Dès l'hiver 1940, les juifs avaient interdiction de sortir de leurs quartiers – les commerces disparaissaient les uns après les autres, faute de marchandises – et tous étaient obligés de porter un brassard blanc avec une étoile de David bleue. Au printemps 1941, les juifs de Mogielnica ont été déportés vers le ghetto de Varsovie. Leur quartier ainsi que le cimetière ont été détruits, comme pour éradiquer jusqu'au souvenir de leur existence. Trois cent quatre-vingts mille juifs furent regroupés dans le ghetto de Varsovie et les déportations vers le camp d'extermination de Treblinka commencèrent dès l'été 1942. Malgré ses recherches, ma mère n'a jamais pu savoir quand les membres de la famille Leska ont été déportés vers ce camp. En revanche, la disparition de son père et de ses frères et sœurs au camp de Treblinka II ne fait aucun doute. Avec eux, une bonne partie de leur famille, élargie aux cousins, aux amis de Mogielnica et des villages alentour. Sa sœur Anna, déportée depuis Lyon, fut aperçue par un de leurs cousins, miraculeusement rescapé, au camp d'internement de Buchenwald. Il apprit à maman qu'elle faisait partie des femmes soumises aux expériences médicales par les médecins du camp et qu'elle était très affaiblie physiquement. Il n'avait pu que lui donner un peu de pain. Les cris, les pleurs et les mots avaient été épuisés et seul le silence – qui n'est pas résignation – pouvait répondre à une telle barbarie. La parole reviendrait… plus tard.

En 2010, j'ai été convié à un voyage en Israël, à l'occasion de la Journée du Souvenir – *Yom ha Shoah* – pour célébrer, en compagnie de leurs descendants, la mémoire des Justes qui, le temps passant, sont de moins en moins nombreux à être en vie. À cette occasion, le nom de mon père a été gravé dans le marbre sur les dalles du pavillon consacré aux Justes[1] sur le mont Herzl, à Jérusalem. Et cette promesse qu'il demeure à jamais inscrit dans la mémoire des hommes est pour moi le meilleur des réconforts. En arrivant à l'aéroport Ben Gourion, avec Évelyne, je n'ai pas pu contenir un accès de fierté lorsque l'officier d'immigration m'a poliment demandé quel était le motif de mon voyage.

– Je viens pour célébrer mon père, qui a été distingué comme Juste parmi les Nations !

1. 3 115 Français figurent parmi les 23 226 Justes parmi les Nations.

En me rendant mon passeport, il m'a répondu avec un grand sourire.

– Alors dans ce cas, monsieur Foucault, bienvenue chez vous !

J'ai déposé devant le mémorial un œillet blanc, caressé la gravure du nom de mon père, puis, un peu plus tard, j'ai glissé un vœu dans une des fissures du mur des Lamentations.

Au cours de ce voyage, je n'ai pu m'empêcher de me remémorer un autre voyage, quasi un pèlerinage, effectué six ans auparavant, en 2004, à Alger. Je ne m'étais jamais rendu en Algérie – excepté en 1981, à l'occasion d'un voyage éclair, dans le pool de journalistes accompagnant le président Mitterrand – et j'avais bien l'intention, cette fois, de me rendre devant le numéro 18 de l'ex-rue Michelet, là où mon père avait été assassiné. En Algérie, comme un Israël, j'ai reçu un accueil des plus amicaux. Plus démonstratif peut-être à Alger, où j'étais populaire grâce aux émissions de télévision française diffusées en Algérie. La seule chose qui séparait ces deux voyages était la démarche. J'étais venu en Algérie pour retrouver les traces sûrement illusoires d'un événement qui s'était produit plusieurs dizaines d'années auparavant, dans un pays différent, dont seuls quelques objets – mais j'y suis tellement attaché – pouvaient encore témoigner.

Lorsque je me suis arrêté devant l'immeuble banal du 18 de la rue Didouche-Mourad, j'ai eu un geste de recul. Cette adresse a tellement hanté mes nuits et mes jours de deuil que je l'ai détestée. Longtemps, sa seule évocation m'a révulsé, et je me retrouvais là, dans cette rue anonyme, devant un numéro ordinaire, sans aucune charge émotionnelle. Ce n'est qu'en pénétrant dans le couloir, que j'ai ressenti un pincement. L'état de vétusté donnait à penser que rien n'avait changé dans cette entrée depuis que mon père avait foulé les carreaux cassés et noircis, grimpé les marches de l'escalier en faisant glisser sa main sur la rampe polie. Les boîtes aux lettres étaient en piteux état, les portes pendantes et les verrous arrachés, mais je tentai de retrouver un nom, un sigle de la société. L'une d'entre elles avait appartenu à mon père, mais je ne savais laquelle. Il n'avait laissé aucune trace de lui ici. Le constater ne me bouleversait pas. Ma mère, à qui je racontai mon pèlerinage, dès mon retour à Paris, regarda les photos en silence et n'eut que quelques mots : « Tant mieux si cela t'a fait du bien. Maintenant, tu peux tourner la page ! »

Mais on a beau tourner les pages, le livre ne se termine qu'au dernier jour, et mon voyage en Israël, quatre ans plus tard, en est l'illustration. Le dernier signe de mon père est gravé dans un pays où il n'a jamais mis les pieds.

Mon Panthéon intime

L'un de mes plus grands plaisirs est de rajouter un nouvel objet dans mon petit musée personnel. Il y trouve toujours une place, pourvu qu'il soit le déclencheur d'un souvenir ou la manifestation tangible d'un événement. Mais n'y rentre pas n'importe quoi, ni n'importe comment ! Les critères en sont extrêmement sévères et dépendent essentiellement de mon bon plaisir. Ce musée, je devrais plutôt préciser « cet inventaire », n'est pas non plus destiné à des visiteurs curieux. Peu de monde est convié à découvrir ce bric-à-brac bien rangé sur les étagères de ma mémoire. Le faire visiter constitue pour moi un exercice fastidieux qui fait violence à ma pudeur. « Je suis obligé d'expliquer », comme dirait Audiard.

Prenez cette pierre par exemple. « Oh ! Comme c'est original, un presse-papier peut-être ? Vient-elle du mur de Berlin, ou est-ce un vestige de Mai 68 ? » Non ! Cette pierre m'a été donnée par mes amis Max et André. Il n'y a qu'eux et moi qui pouvons lui attribuer un quelconque intérêt : elle provient de l'immeuble de RMC à Monaco, démoli en 2004. Si je jette cette pierre dans le chemin, elle disparaîtra au milieu des autres. Sur cette étagère, dans mon bureau, elle irradie à ma seule intention, de même que ces dizaines de souvenirs et d'émotions que je serais bien en peine de tous décrire, tant ils se chevauchent, se fondent, réapparaissent, emboîtés comme des cubes gigognes.

Est-ce par atavisme que je me suis ingénié à préserver tous ces objets qui apportaient la preuve de mon existence ? À construire une vie qui me semblait avoir été volée ? Ces objets sont les gardiens de mon temple ! J'ai tout gardé ! Cette propension m'a poussé à conserver tous les papiers qui ont ponctué ma vie. Je possède encore, par exemple, tous mes bulletins de notes depuis le cours préparatoire. Et pourtant, on ne peut pas dire qu'ils soient flatteurs, surtout pendant mes années de collège et de lycée. J'ai classé toutes les lettres et les courriers reçus, y compris les lettres d'admirateurs, de fans, les déclarations d'amour et les sollicitations financières. Ces dernières se sont multipliées depuis l'émission *Comment gagner des millions*, car de nombreuses personnes s'imaginent que l'argent que je distribue m'appartient ! Ces classements m'ont permis de dépister plusieurs « professionnels » du quémandage épistolaire auprès de différentes célébrités. Une dame me fait parvenir tous les ans la même lettre, où ses enfants restent éternellement figés au même âge et son propriétaire toujours sur le point de l'expulser le mois suivant. Elle demande de lui envoyer une somme, toujours à la même adresse : « Un petit chèque fera l'affaire. » Quant aux déclarations d'amours et aux propositions de mariage (avec ou sans photos), elles sont classées soigneusement dans le dossier « sans suite ».

Procédons par ordre ! Pour parvenir jusqu'à mon bureau, il faut passer par un couloir. Les murs sont tapissés jusqu'au plafond des « unes » des magazines qui ont mis ma photo en couverture. Cet étalage impressionnant pourrait paraître narcissique, et un visiteur malveillant pourrait en tirer des conclusions peu flatteuses sur les dimensions de mon ego. Ceux qui me connaissent savent qu'il n'en est rien. Je suis simplement ému de cette exposition ! La juxtaposition de ces photos me permet, lorsque je sors de mon bureau, de remonter le temps et de me voir rajeunir de plus d'une quarantaine d'années en quelques pas[1]. Un voyage qui m'habite. Mais lorsque je fais le trajet inverse, j'évite de regarder les murs ! Dans le bureau lui-même, où sont réunis tous mes souvenirs, l'œil du visiteur[2] ne peut être qu'attiré par ma collection de voitures miniatures *dinky toys*, que je rassemble depuis que j'ai l'âge de jouer avec. Je peux prendre chacune d'entre elles et dire quand et qui me l'a offerte.

Ce que je ne peux pas partager, c'est pourquoi cette 11 CV Citroën noire a la peinture écaillée sur le coffre et son pare-chocs défoncé. Ce sont les stigmates d'un choc violent contre le mur où, après une contrariété, je l'avais jetée par dépit. J'en ai oublié la raison, en revanche, je me souviens avec le même pincement au cœur, cinquante ans après, du remords qui m'a saisi aussitôt, lorsque je l'ai prise entre mes mains, comme un oiseau blessé, me maudissant de mon emportement. Cela n'étonnera personne que, parmi toutes ces miniatures, figurent plusieurs Delahaye. J'ai beaucoup de mal, encore aujourd'hui, à me contenir quand j'en aperçois une dans un magasin ! Une autre vitrine expose ma col-

1. La première date de 1966. Eh oui !
2. Si le visiteur est une femme, elle s'attarde dans le couloir pour détailler les « unes » des magazines, ignorant mes voitures.

lection « unique » de véhicules aux couleurs des différentes stations de radio auxquelles j'ai collaboré : RMC, Europe 1 et RTL, j'ai même une DS siglée ORTF, comme celle qui s'était garée devant chez moi pour mes dix minutes de gloire sur France Inter. Mais ce que racontent ces voitures, ce sont les départs sur les chapeaux de roues de la rue Bayard, de la rue Magellan[1], ou de la rue François-Ier, car animateurs et journalistes de ces stations dynamiques se devaient de montrer cet empressement auprès de leurs auditeurs.

De ces objets de ma vie, certains me sont plus chers que d'autres. Ces deux magnétophones Nagra installés côte à côte sur un meuble de bureau sont beaucoup plus que du matériel professionnel. Ce sont mes anciens compagnons de travail. Si j'y suis autant attaché, c'est que je les ai longtemps convoités. Ils représentent le symbole du métier que je voulais faire, et il suffit encore que je les regarde pour que je sente la pression de la sangle sur mon épaule et leur contact sur ma hanche. C'est avec l'un d'eux que j'ai effectué mes débuts de reporter à Europe 1, dans l'émission de Jacques Lanzmann, *Rendez-vous avec lui*. Avec mon plus vieux com-

1. Siège parisien de RMC jusqu'en 1986.

plice radio, Patrick Topaloff, nous brandissions notre micro sous le nez des jeunes femmes (de préférence) pour leur poser des questions incongrues et osées en référence à *Lui*, « Le magazine de l'homme moderne ». Je dois bien être le seul à associer un robuste magnétophone à l'érotisme suggéré et un tantinet grivois qui faisait le sel de notre émission. Patrick et moi avions quelquefois du mal à démêler les inclinations sexuelles de certaines célébrités parisiennes, ce qui aboutit à des quiproquos savoureux, qui rajoutaient encore à notre succès. À l'évocation de Patrick Topaloff, qui nous a quittés en 2010, mes yeux s'arrêtent sur l'imposant micro de table, récupéré dans les anciens studios de RMC à Monaco. Ceux-là mêmes qui ont vu nos débuts, en 1966. À cette époque, il me fut aussi donné d'y rencontrer un grand monsieur, pour qui j'ai gardé un respect et une considération amicale, doublée d'une sincère reconnaissance, Jean-Louis Sarre.

Alors que je tentais la fortune sur les routes du Sud en vendant des porte-clefs, mon ami Claude, resté à Marseille, répondait lui à une petite annonce de Radio-Monte-Carlo, alors à la recherche de jeunes animateurs pour une nouvelle émission. Claude rédigea deux lettres de motivation, l'une à son nom et l'autre au mien, arguant à RMC les nombreux avantages que la station trouverait à nous engager. Premièrement : notre enthousiasme. Deuxièmement : nos références, certes modestes, mais réelles. Troisièmement… Je ne me souviens plus ! Le culot de Claude me mettait toujours en joie. Nous fûmes convoqués trois jours plus tard pour des éliminatoires, dans un studio miteux au sommet d'un immeuble de la Canebière. Nous étions une bonne centaine pour Marseille et sa région et… trois mille cinq cents candidats pour tout le Sud, bassin de réception de RMC ! Les tests, au nombre de quatorze, soigneusement élaborés par Jean-Louis Sarre, le directeur des programmes, couvraient toutes les facettes de l'expression orale devant un micro. Culture générale, vocabulaire, grammaire, pièges de la langue française, mais aussi diction et capacité de réaction face à un événement impromptu… L'un des tests les plus amusants consistait à lire un texte où Jean-Louis avait glissé des incongruités, qu'il fallait rectifier sans broncher. À l'issue de l'épreuve, je n'avais pas le sentiment d'avoir été particulièrement transcendant, les tests ne laissant aucun espace à l'improvisation qui était, pensais-je, mon meilleur atout.

C'est donc sans grande illusion que je repris la route le lendemain, pour continuer à vendre mes porte-clefs, suivant un itinéraire précis qui devait me mener d'étape en étape jusqu'à Perpignan, à l'autre bout du monde. Ma mère avait obtenu que je ne dorme pas sur les chemins et que je m'arrête, la nuit, dans des campings pour éviter « les mauvaises rencontres ». Je suivais scrupuleusement cette promesse, bien que souvent, le soir, exténué par une journée infructueuse, je me couchais à l'arrière de la 2 CV, enveloppé dans une couverture sans même monter ma tente. Cette vie aventureuse, que j'avais tant espérée, se révélait bien décevante et fastidieuse, mais je m'accrochais et, de village en camping, poursuivait solitaire ma quête de copocléphiles[1]. Lorsque ma mère, deux semaines plus tard, découvrit dans sa boîte aux lettres le télégramme de RMC me convoquant pour l'épreuve ultime, le surlendemain à Monte Carlo, elle dut relire deux fois le texte pour être sûre d'avoir bien compris. Son premier réflexe fut d'appeler Claude, pour savoir si lui aussi était sélectionné et s'il avait la moindre idée d'où je pouvais me trouver. Claude n'avait pas été retenu et, malheureusement, ne connaissait pas l'itinéraire de ma tournée. Toute femme autre que ma mère aurait attendu en priant pour que j'appelle avant la

1. Nom officiel des amateurs et collectionneurs de porte-clefs.

date fatidique. Pas elle, sachant qu'il ne m'était pas facile de téléphoner, elle se mit en tête d'appeler *tous* les campings sur la route que j'étais censé emprunter ! Attelée à une tâche improbable, avec cette obstination qui était un des traits les plus marquants de son caractère, elle pria une bonne centaine de responsables de camping de rechercher son fils, propriétaire d'une 2 CV dont elle fournissait le numéro d'immatriculation. Cette ténacité porta ses fruits lorsque, au bout de plusieurs heures, l'un d'entre eux, en consultant son registre, lui confirma la présence de ma 2 CV sur son terrain. Le soir, en rentrant de tournée avec une collègue, je trouvai le mot sur mon pare-brise me demandant de rappeler la maison de toute urgence.

La suite se déroula comme dans un rêve, je n'avais que le temps de revenir à Marseille pour me changer et reprendre aussitôt la route pour Monaco où l'on m'attendait à dix heures et demie, le lendemain matin. J'avais la tête dans les nuages, encourageant ma deuche pour qu'elle se hâte de me ramener à la maison. Ce trajet fut l'un des plus heureux de mon existence, j'avais été choisi pour faire ce dont j'avais rêvé et, tout le long de la route éclairée par les phares, je chantais à tue-tête, m'étourdissant de trop de bonheur. Maman m'attendait en haut des marches, soulagée d'entendre le sympathique ronflement du moteur. Elle m'accueillit comme à son habitude sans grande démonstration, se contentant de me dire qu'elle était allée m'acheter une chemise et un pantalon neufs. Et il fallut que j'insiste pour qu'elle me raconte modestement comment elle s'y était prise pour me retrouver. « Demain, tu prendras ma voiture, me dit-elle, cela fera plus sérieux. » L'audition fut rapide. Jean-Louis Sarre n'avait retenu que trois « finalistes », dont un certain Patrick Topaloff, un gaillard dégingandé, le visage barré par de grandes lunettes, Guy Pierre Bennet et moi-même. Après nous avoir auditionnés une dernière fois, il décida… de nous garder tous les trois !

Notre émission, *Danse à gogo*, programmée de vingt-deux heures à minuit, était destinée à attirer les jeunes vers une station plan-plan et assez ennuyeuse, qui n'existait vraiment que pendant les vacances d'été où sa situation de monopole lui permettait des indices d'écoute flatteurs. Notre mission n'avait rien de très révolutionnaire ! Nous n'étions pas maîtres de la programmation musicale et l'on se contentait, entre chaque disque, de faire sommairement de l'animation, en informant les auditeurs des activités culturelles, des bals et des concerts de la région. C'était encore trop pour les caciques de la station qui ne nous pardonnaient pas déjà l'enthousiasme notre jeunesse, et ensuite d'avoir été recrutés par concours. L'usage à RMC, à l'époque, était de recruter par cooptation, de préférence en choisissant dans la parentèle des employés de la station. De véritables féodalités faisaient régner une filière de médiocratie à laquelle avait voulu s'attaquer Jean-Louis Sarre. Le succès que rencontra notre émission tenait pour beaucoup à notre ton, proche de notre génération puisque nous l'étions nous aussi. Ne pouvant nous attaquer sur nos résultats, on le fit insidieusement, en construisant autour de nous un cercle de médisances et d'insinuations destiné à nous isoler dans la maison. Jean-Louis déploya tous ses efforts pour nous protéger, en vain. Le 24 décembre 1966, pour Noël, nous étions congédiés tous les trois. En me signant mon chèque, le directeur financier me conseilla « à titre amical » de reprendre mes études, puisque je n'étais visiblement pas fait pour ce métier[1]. Jean-Louis Sarre, lui aussi remercié, ne nous laissa pas tomber, et nous recommanda chau-

1. Trois ans plus tard, je revenais à RMC où j'allais rester vingt ans comme animateur vedette. Je tiens à saluer ici ce perspicace bureaucrate.

dement au directeur d'Europe 1, Lucien Morisse. Deux semaines plus tard, nous montions à la capitale pour assurer la même tranche horaire de fin de soirée.

L'important quand on tombe de cheval, c'est de se remettre en selle. Cette fois-ci, j'avais bien l'intention de m'y maintenir. Jean-Louis Sarre, que je retrouverais à RMC trois ans plus tard, fut mon mentor dans ce métier, toujours prêt, lorsque que je le sollicitais, à me donner de profitables conseils. Devenu un vieux monsieur, il gardait toute la fraîcheur de son jugement et une tendresse particulière pour ce garçon à qui il avait donné sa chance et qui avait su en profiter. Il est mort, il y a quelques jours. Son fils, connaissant nos liens, m'a demandé si je pouvais assister à ses obsèques, qui devaient se dérouler dans l'intimité familiale. À l'issue de la cérémonie, il m'a remis un petit paquet, en précisant que son père l'avait chargé de me le donner après sa mort. Je l'ai ouvert, les mains tremblantes, n'ayant aucune idée de ce qu'il pouvait contenir. D'abord une lettre, ancienne, au papier un peu défraîchi. J'ai aussitôt reconnu l'écriture de Claude et ma signature, mal imitée au bas du texte. C'était *ma* lettre de candidature au concours organisé par RMC, il y a quarante-six ans, accompagnant une bande magnétique simplement marquée Jean-Pierre Foucault ! Je n'avais pas besoin de l'écouter pour savoir ce qu'elle contenait : l'enregistrement de l'épreuve que m'avait fait passer Jean-Louis Sarre. Ce dernier cadeau d'un homme qui m'en avait tant fait est allé rejoindre, dans mon musée, la place de cœur qui lui revenait.

En égrenant les petites pièces de cet inventaire de ma vie, je m'aperçois que la plupart des objets qui m'entourent concernent les fragments de mon enfance. Est-ce la preuve que j'ai vieilli et qu'en me retournant, je constate que cette période, malgré les drames, fut une époque bénie, celle de tous les possibles. Je vous vois sourire, oui j'ai vieilli, mais quel bonheur ! En regardant dans le coin, mon vieux bâton scout aux couleurs des Hirondelles « À tire-d'aile », je me revois gravissant les pentes traîtresses des Basses-Alpes, de la sueur plein les yeux sous le soleil vertical ; puis, assis les jambes lourdes, zébrées d'égratignures, le regard plongé dans le feu qui pétille dans la nuit et lance à l'assaut des étoiles ses colonnes d'étincelles. Comme il était bon, ce silence peuplé des bruits de la nature, où nos corps impatients s'apaisaient un moment pour laisser nos jeunes âmes exulter à l'idée de toutes ces *choses* qu'il nous restait à accomplir. Et si traîne sur mon bureau le livre tiré du film *Crin-Blanc,* ce n'est pas pour le relire, mais parce qu'il fait partie de mon « re-père ». Il me renvoie immanquablement à l'époque où il trônait sur une des étagères du « *cosy* » – qui encadrait obligatoirement le lit des adolescents dans les années 50 – avec les livres de la bibliothèque verte et les aventures de Bob Morane.

Et si je n'utilise que rarement la délicate machine à calculer en cuivre acier et bakélite, dont les engrenages soigneusement entretenus fonctionnent toujours, c'est qu'outre son caractère de précieux et ingénieux objet d'art, elle appartenait à mon père. Papa s'en servait quotidiennement, maniant avec dextérité les manettes, afin d'obtenir, en un coup de manivelle, le résultat de son calcul, affiché en petits chiffres délicatement gravés. Quand je m'autorise, moi aussi, ce petit tour de manivelle, c'est pour entendre le cliquetis des engrenages qui me ramène instantanément rue Breteuil où, installé dans le même bureau que mon père, je singeais ses gestes, brûlant d'admiration pour celui qui était mon modèle. À côté de la machine, le classeur de cuir vieilli que ma mère m'offrit jadis. Je le connaissais bien, il servait à ranger, par format, les billets de banque. Et, chose impensable aujourd'hui, dès l'âge de dix ans, j'étais chargé par papa de l'apporter, chaque mois, à la Banque de France où le caissier, après avoir compté les billets, me remettait un reçu signé. Je recevais, pour prix de mon office, quelques pièces de monnaie que j'échangeais sur le trajet du retour contre un sandwich au jambon, au kiosque placé devant le palais de justice.

Ce sont la saveur et l'odeur de ce pain, ajoutés à l'odeur et la consistance du vieux cuir, qui persistent dans ma mémoire, déclenchant toutes ces images qui se superposent en tressautant, sans souci ni de la chronologie, ni des lieux. C'est ce processus d'association qui me fascine lorsque je laisse ma mémoire vagabonder. L'évocation du palais de justice me ramène à une scène anecdotique. Alors que j'étais verbalisé par un agent pour avoir transporté Claude sur le porte-bagages de mon Solex, j'avais été sauvé de l'amende par le président des Corses de Marseille[1] attablé au bistrot en face, qui était intervenu en ma faveur en prononçant ces simples mots : « Ce petit est mon neveu. Je veux que vous le laissiez tranquilleu… » Cet accent unique, je l'associe aussitôt à l'odeur des mandarines et surtout à une carte postale précise, envoyée par mon père d'Ajaccio, représentant

1. Il s'était présenté ainsi.

une branche de feuilles vert sombre chargée de mandarines éclatantes de soleil.

Cette carte, je l'ai toujours, elle est enfermée dans un coffret, avec toutes les cartes que mon père m'envoyait depuis les pays où ses affaires l'appelaient. Je me retrouve dans une cour de récréation, au milieu de mes camarades, exhibant fièrement la carte que j'ai reçue le matin même de Dakar. Je frime en leur montrant le groupe de pêcheurs qui traînent une longue pirogue sur la plage, tandis qu'à l'arrière-plan, des femmes aux poitrines généreuses transportent du poisson dans des bassines en équilibre sur leur tête. Et je pense à l'abbaye d'En-Calcat, où des brochures illustrées, imprimées par les bénédictins, vantaient les mérites d'ordres missionnaires en Afrique. Et je revois le père Stan, pendant un camp scout, quitter son froc pour se baigner avec nous dans la rivière. Et puis, luisante d'eau, attrapant toutes les nuances de la lumière, une superbe truite arc-en-ciel se débat au fond de l'épuisette où l'a jetée mon père. J'entends encore le cliquetis frénétique du moulinet Mitchell, qui annonce que la prise file entre les pierres pour se réfugier à l'abri de la berge. Il fait bon et frais au bord de cette rivière où j'étrenne une canne toute neuve, choisie l'hiver précédent, après de longues discussions entre pêcheurs avertis, dans le catalogue Manufrance. Je regarde les doigts agiles de mon père qui détache avec délicatesse l'hameçon « Sans lui arracher la bouche. C'est tout l'art d'un bon pêcheur. Tu comprends ? »

Plus tard, dans la cuisine, je vois maman sortir du four les pommes de terre « à la Foucault », comme les ont baptisées les nombreux invités qui se pressent le dimanche à la maison. Maman râle un peu et trouve que mon père entretient trop de pique-assiettes. Lui sourit mystérieusement à ce reproche et détourne la conversation : « L'odeur de ce plat est absolument unique ! J'en ai l'eau à la bouche rien qu'en le respirant ! » Maman sourit au compliment et lance un joyeux « À table ! » Son père, à Mogielnica, m'avait-elle raconté au cours d'une de ses rares confidences, faisait cuire les pommes de terre doucement dans l'entrée du four à pain. C'est ce qui leur donnait ce délicieux moelleux.

Je lève la tête et contemple les photos encadrées au mur. Le portrait de mon grand-père, Szmul, me fixe de ses yeux perçants. Avec son crâne rasé, il a un air menaçant. À côté, une photo de ma grand-mère Rozia, souriante à sa fenêtre, elle observe trois de ses enfants déambulant dans la neige. Ma tante Reizla cache ses mains dans un manchon. Ils sourient à la vie. Anna et Mathys, avec leur fille Paulette, posent dignement dans un studio de photographe, à Anvers. Yankel et Ancel, les garçons, dans une rue du village, se tiennent par l'épaule, tous les deux habillés de redingotes, de pantalons s'arrêtant au-dessous du genou et coiffés d'une casquette penchée sur l'oreille. Ils ont tous disparu en fumée et en cendres, ne laissant derrière eux que ces photos jaunies.

Une odeur alléchante vient de s'insinuer jusque dans mon bureau. Évelyne mitonne les « pommes de terre à la Foucault » dont ma mère lui a confié le secret. Il est l'heure de suspendre ma recherche du temps perdu et d'aller me régaler !

> « Mais quand, d'un passé ancien rien ne subsiste, après la mort des êtres, après la destruction des choses, seules, plus frêles mais plus vivaces, plus immatérielles, plus persistantes, plus fidèles, l'odeur et la saveur restent encore longtemps, comme des âmes, à se rappeler, à attendre, à espérer, sur la ruine de tout le reste, à porter sans fléchir, sur leurs gouttelettes presque impalpables, l'édifice immense du souvenir[1]. »

1. *Du côté de chez Swann*, Marcel Proust, 1913.

Table

Remerciements

Un grand merci à mon éditrice, Lise Boëll, qui a su me convaincre et à Jean-Michel Caradec'h, qui m'a écouté avec une infinie patience. Sans eux, il n'y aurait ni couleur… ni souvenirs !

DU MÊME AUTEUR

Est-ce que la mer est belle aujourd'hui ?
TF1 Éditions, 1998

Le Sourire aux larmes,
Calmann-Lévy, 2005

Les Cigales sont de retour,
Albin Michel, 2006

Ces voitures qu'on aime tant,
Michel Lafon, 2007

Ce n'est pas mon dernier mot,
Albin Michel, 2008

Les 60 ans de la 2 CV,
Michel Lafon, 2008

Les 90 ans de Citroën,
Michel Lafon, 2009

Les 200 ans de Peugeot,
Michel Lafon, 2010

La Saga Renault,
Michel Lafon, 2011

Composition Nord Compo
Impression CPI Bussière en mai 2012
à Saint-Amand-Montrond (Cher)
Éditions Albin Michel
22, rue Huyghens, 75014 Paris
www.albin-michel.fr

ISBN : 978-2-226-22096-7
N° d'édition : 17819/01. – N° d'impression : 121941/4.
Dépôt légal : juin 2012.
Imprimé en France.